実家を乗っ取られて放逐されたけど、ハズレスキル「錬金工房」の真の力に目覚めたので全てを取り返そうと思う

FAULTY SKILL

ALCHEMY WORKSHOP

vol. 1

青山 有

ILLUST. ユウヒ

AOYAMA YU

FAULTY SKILL

CONTENTS

ALCHEMY WORKSHOP

FAULTY SKILL

プロローグ

ALCHEMY WORKSHOP

質素ながらも良質な作りの箱馬車が、激しい雨の降りしきる夕闇の街道を走っていた。馬車にある紋章は豊穣を示す麦と武を示す剣。ブリューネ王国ブラント子爵家の紋章である。

ブラント子爵家の寄親《よりおや》であるメルダース伯爵領を立って三日。あと一時間も走ればブラント領というところまで来ていた。

三十代半ばと思しき身なりの良い男性が御者《ぎょしゃ》へと声をかける。

「急ぐ必要はないからな」

「はい、旦那様」

旦那様と呼ばれた男性はローマン・ブラント。ブラント子爵家の現当主である。

「ルドルフも疲れたでしょう?」

ローマンの正面に座った二十代半ばに見える美しい女性が、隣に座る少年を慮《おもんぱか》るように声をかけた。

「大丈夫です、母上」

「まあ！　母上だなんて」

これまでは「お母様」と呼んでいたルドルフが突然「母上」と呼んだことに驚く。

「祝福《しゅくふく》の儀式を終えたのです。私ももう大人ですよ」

「そんな寂しいことを……」

「そうだな」

母親の拗《す》ねるような言葉とローマンの爽やかな笑い声を伴った言葉が重なる。

「お母様、拗ねないでくださいよ」

「拗ねてなんていません」

そっぽを向く母親にルドルフが苦笑しながら言う。

「今日だけはお母様と呼びますから」

「エリーゼも子離れする時期がきたということだな」

「あなたまで……」

ルドルフとローマンの言葉に、エリーゼが頬を膨らませて馬車の外へと顔を向けた。

そんな母親から父親へと視線を向けたルドルフが口を開く。

「私が授かった「錬金工房」というスキルは普通の錬金術スキルとは違うのですよね……」

その声音からは不安がうかがえる。

「神殿にもメルダース伯爵にも錬金工房というスキルを調べて頂けるようお願いはしてある。直《じき》に詳細がわかるさ」

「錬金術ではなかったけど、それに近いスキルであることは間違いないと思うわ」

エリーゼの手がルドルフを抱きかかえるように彼の肩へと伸びた。

祝福の儀式。

この大陸では十二歳になると神殿で祝福の儀式を受ける。そこで女神から一つから三つのスキルを授かる。

ほとんどの人々は、祝福の儀式で授かったスキルを活用する職業へと就いたり、役割を担ったりする。

それは貴族であっても変わらない。

ルドルフの父親であるローマンは錬金術と創薬術と格闘術のスキルを授かった。

それを活かして領地経営をしている。

母親であるエリーゼは錬金術と火魔法と土魔法を授かった。

錬金術でローマンの手助けをすることが主であるが、有事の際のブラント家の魔法戦力の要にもなっている。

ルドルフが最も親しみのあったのは錬金術だった。間近で見て憧れを抱いていたスキルである。

しかし、ルドルフが授かったのは錬金工房と認識阻害《そがい》と自己回復のスキルだった。尊敬する両親と同じ錬金術のスキルを熱望していたルドルフとしては失望も大きい。

「私は、お父様やお母様のようになれるのでしょうか……」

母親の温もりに安堵しながらも不安が口をついて出る。

「大丈夫よ」

「錬金術師になりたいのなら私とエリーゼで教えてやろう」

「父上とお母様が?」

「あら、それは良いわね」

「明日からは父上でなくお師匠様と呼べよ」

ローマンとエリーゼ、二人の柔らかな笑い声が馬車のなかに響く。

「ありがとうございます！　明日から頑張ります！」

ルドルフの顔に笑顔が戻ったそのとき、馬車が大きく揺れて急停車した。

「キャッ」

「うわっ」

小さな悲鳴を上げるエリーゼとルドルフ。続いて馬の嘶《いなな》きと御者の驚く声が聞こえた。

夕闇も濃くなる時間に加えて、外は激しい雨である。

ぬかるみに車輪でも取られたのだろうと高をくくったローマンが、御者に向かって何事かと問いかける。

「どうした？　何かあったのか？」

「ヒュッ」

返事の代わりに空気の漏れるような悲鳴が微かに耳に届く。

刹那《せつな》、激しい音とともに馬車の扉がこじ開けられる。

「何者だ！」

馬車のなかへ押し入ろうとする壮年の男性からエリーゼとルドルフの盾となるようにローマンが身体を移動した。

ローマンの問いかけに壮年の男性は剣の一突きで答えた。

「エリーゼ！　ルドルフを連れて逃げろ！」

ローマンは腹部に深々と剣を突き立てられながらも、壮年の男性を馬車の外へと押し出そうとする。

「あなた！」

「お父様！」

ローマンを馬車の外へと放り出すと、壮年の男は再び馬車へと押し入る。

ルドルフを抱きかかえ、守ろうとするエリーゼの背中に血糊の付いた長剣を突き立てた。その長剣はエリーゼを貫きルドルフの腹部を深々と傷つけた。

「ルドルフ、あなただけでも逃げて……」

次の瞬間、馬車の壁に当てたエリーゼの左手から爆音が発せられ馬車の壁が吹き飛ぶ。

「ネイサン、反対側へ回れ。目標を逃がすな！」

壮年の男性が初めて言葉を発した。

「了解しました」

少年のような声が馬車の外から聞こえ、指示を受けた少年が馬車の反対側へ回り込もうとぬかるんだ道を走る音が響く。

その声と音に不安をかき立てられたエリーゼがルドルフを馬車の外へと突き飛ばした。

「行きなさい！」

瞬間、二撃目の突きがエリーゼの胸を貫いた。

「カハッ」

悲鳴も上げられない……。僅かに空気が漏れる音だけが彼女の口から発せられた。

壮年の男がルドルフを追おうとしてエリーゼを傍らへ押しやった瞬間、彼女の右手が壮年の男性の左胸に添えられた。

壮年の男性の顔が青ざめる。

エリーゼは彼に次の行動を起こさせるだけの時間を与えなかった。彼女の右手から高温の火球が生まれると、それは瞬時に爆発した。壮年の男性は炎に包まれながら馬車の天井に身体を叩き付けられる。

「逃げて……」

「逃がしませんよ」

消え入るようなエリーゼの声と冷徹な少年の声が同時にルドルフの耳に届く。

「お母様……」

よろめきながら立ち上がるルドルフに、血糊の付いたナイフを手にした黒ずくめの少年が迫る。ルドルフは咄嗟に首と心臓を庇ったが少年のナイフはがら空きの脇腹を捉えた。

「グゥ……」

苦痛に顔を歪ませたルドルフが足を滑らせて崖下へと落下する。

一瞬、ネイサンは自分も崖下へ下りてターゲットの死亡を確認すべきかと考えたが、手応えが充分であったことを思い返して追撃を止めた。

「師匠！」

破壊された側から馬車へと乗り込むと、そこには左胸に焼け焦げた穴を開けた壮年の男性の死体と、事切れたエリーゼの死体があるだけだった。

ネイサンはローマンとエリーゼ、壮年の男性の死亡を確認すると、ルドルフが落下していった崖を下りだした。

「この高さから落ちたら、さすがに助からないとは思うが……」

五十メートルほど下りると、雨の音に混じって水の流れる音が聞こえた。

崖下に川が流れていることがわかる。

「雨で増水しているようだが、それほど大きな川ではないな」

つぶやきながらさらに下を目指す。

崖の中腹まで下りたところでネイサンの足が止まった。濃くなった夕闇と、激しさを増した雨が行く手を阻む。

目を凝《こ》らすが崖下に人が動く様子はなかった。

「あの深手だ。間違いなく致命傷だろう」

川に落ちたとすれば、このまま崖を下りても無駄足になる。そう判断したネイサンは崖を登りはじめた。


――落下した場所から数百メートルほど下流。

驚くべきことにルドルフは自力で岸へと這い上がっていた。

「お父様、お母様……」

長剣に貫かれた父と母の姿が鮮明に蘇る。続いて、両親を殺した壮年の男性と黒ずくめの少年の姿が脳裏に浮かぶ。

「逃げないと……」

瀕死の重傷を負いながらも岸に這い上がったルドルフは、大木の洞《うろ》に身を隠すようにして眠りに就いた。


――襲撃から三日。

ルドルフは野生の動物が傷の癒えるのを待つのと同じように、大木の洞のなかでひたすら眠り続けた。眠り続けた三日間で致命傷だった傷が軽症程度まで回復する。

「お腹が空いたな……」

一言そう溢《こぼ》すと再び眠りについた。


「クラーラ、森のなかは危険だぞ」

銀髪を揺らして走る幼い娘が森へと分け入って行くのを追いかける、二十代後半と思しき男性が声をかけた。

返ってきたのは戸惑いと緊張がない交ぜになった少女の声。

「お父さん、こっち」

「何かいたのか？」

男性はクラーラから視線を外すと、彼女が指さした森の奥を警戒しながら凝視した。しかし、危険そうな獣や魔物の気配は感じられない。

「よくわからないけど……、なんか変な感じなの」

「私もそっちへ行くからそれ以上奥へ行くんじゃないぞ」

「大丈夫よ」

そう言って、なおも森の奥へと向かうクラーラの後を追う。

呼び止めた場所から五十メートルほど森へ分け入ったところ、大木の傍らでクラーラが立っていた。

「大丈夫か？」

「お父さん！　人がいる、男の子よ」

大木の洞のなかをのぞき込んでいたクラーラが声を上げた。

「待ってなさい。いまそっちへ行く」

クラーラの隣に駆け寄った父親が大木の洞をのぞき込むと、上等な衣服を身に着けた血だらけの少年が眠っていた。

ルドルフが目を覚ますと、見知らぬ天井が目に入った。大木の洞に隠れていたはずなのに天井があることに戸惑いを覚える。

「あれは……、夢だったのか？」

両親が殺された情景が蘇る。

「お母様……」

叫んだつもりだったが、消え入るような声が耳に届いただけだった。

しかしその声に気付いた者が一人。

「目が覚めましたか？」

二十代半ばと思しき美しい女性がルドルフの顔を覗き込んだ。

「こちらは？」

「待っててね」

ベッドに横たわったまま朦朧《もうろう》とするルドルフに、女性は一言そう言うと「あなた、男の子が目を覚ましたよ」と誰かを呼びに行ってしまった。

ルドルフは改めて辺りを見回す。

「平民の家なのか？」

自身の実家と比べると随分と粗末《そまつ》な作りなのが見て取れる。

領都にある教会よりはしっかりとした作りなので、平民とはいえそれなりに裕福な家庭であることも想像できた。

身体を起こすと、質素ではあるが清潔な服に着替えさせてもらっていることに気付いた。

「傷が治っている……？」

改めて長剣で刺された付近に意識を向けたが、痛みも違和感もなかった。服を脱いで刺されたところを見たが、傷跡もほとんど消えていた。

身体を拭いてくれたようだったが治療の痕跡はない。

自己回復。

つい先日授かったスキルが脳裏に浮かんだ。

「目が覚めましたか？」

二十代後半と思しき男性が先ほどの女性と一緒に部屋へと入ってきた。

「お世話になったようですね。ありがとうございます」

「そのまま休んでいてください」

半身を起こした状態でお辞儀をしようとしたルドルフを、男性が制した。

「私はデニス・シーラッハ。こちらは妻のカルラです」

「私は」

「こちらはあなたの首に掛かっていたモノです」

自己紹介をしようとしたルドルフの言葉を遮って、デニスは首からかけられるようチェーンを通した指輪を差しだした。

「これは……」

指輪を見たルドルフが言葉を詰まらせる。

それは彼の母であるエリーゼ・ブラントの指輪だった。エリーゼが宣託の儀式を終えた際にもらったものだと聞いている。

エリーゼの、母親の最後の悲痛な叫び声が脳裏にこだまする。

指輪を見つめるルドルフにカルラが遠慮がちに衣服を差しだす。

「こちらは見つけたときに身に着けていらした衣服です」

綺麗に洗濯され、破れたところが繕《つくろ》われた衣服をベッドの上に置いた。

「何から何までありがとうございます。このお礼は必ずさせて頂きます」

「お礼は不要です」

「そういうわけにはいきません」

「貴族の方とは関わりを持ちたくないのです」

デニスが申し訳なさそうに俯いた。カルラも無言で視線を逸らす。

貴族と繋がりを持ちたいと思う平民は少ない。大半の平民は貴族と関わることなく平穏に過ごしたいと願っている。

ルドルフもそのことは知っていた。

「わかりました」

「体力が回復するまでの間は当家に留まって頂いて構いません。体力が回復しましたら……、その

「……」

体力が回復したら出ていってほしい、デニスがその言葉を飲み込んだのをルドルフは理解した。

その上で笑顔で頼む。

「体力回復のために食事を頂けないでしょうか？」

「粗末な食事ですが、温かいものをご用意させて頂きます」

答えたのはカルラ。

「ありがとうございます。食事を終えたら立ち去らせて頂きます」

「いえ、そこまで……」

「なにも言わないでください。命を助けて頂いただけで充分感謝しています」

「そう言って頂けると助かります」

デニスが深々と頭を下げた。

ルドルフは言葉通り、質素だが暖かい食事を摂《と》ると、その日のうちにシーラッハ家を後にした。

FAULTY SKILL

第1話

放逐

ALCHEMY WORKSHOP

工房の裏手に呼び出されると、いつものように嘲笑《ちょうしょう》と罵声が浴びせられる。

「なあ、お前、明日で十八歳なんだろ？　情けないと思わないのかよ！」

そう言って下から俺を睨み付けてくるのは、工房に入ってまだ半年ほどの――、十二歳のヨハンだ。

ヨハンは俺と違って、ものの二ヶ月で錬金術のスキルを発動させることに成功している。

作ったのは回復ポーションとは名ばかりの効果も怪しいようなものだったが、それでも六年間もこの工房に居て一度も錬金術のスキル発動に成功していない俺に比べれば天と地ほどの差だった。

当然、他の弟弟子たちも俺と違って着実に錬金術のスキルに磨きをかけている。

「ルドルフ、テメーは目障りなんだよ！」

背中に衝撃を感じてよろめいた。

続いて俺を取り囲んでいた連中の笑い声が耳に届く。

そうか、いま背中を蹴飛ばされたのか……。

「元貴族だかなんだか知らねえが、何もできないくせに六年間も工房に居座ってんじゃねえよ！」

「そうだね……」

それだけ言うのが精一杯だった。

毎日のように繰り返される年下の弟弟子たちからのいやがらせ。彼らに言われるまでもなく自分でも情けないと思う。思うが……、どうすることもできなかった。

「そうだね、じゃねえんだよ」

「お前みたいなのを見てると、イライラしてこっちの精神がやられちまうんだよ！」

「とっとと出て行っちまえよ」

自分でも情けなくなってくる……。

この世界では十二歳の祝福の儀式で一つから三つのなんらかのスキルを授かる。

その授かったスキルに応じて自分の将来を決めるのだ。

最もわかり易いのは属性魔法のスキル。

属性魔法のスキルを授かった者のほぼ全てが魔法学院へ進み、魔法に関する学問を修め魔法の技術の向上に努める。

鍛冶のスキルを授かった者で経済的な余裕があれば鍛冶師の養成学校へ通い、経済的な余裕がない者は鍛冶師の工房へ弟子入りをして、そこで鍛冶の技術を磨くことになる。

授かったスキルの数や種類に応じて己のスキルを研鑽《けんさん》して将来の職業を決めるのだ。

例外はスラムの住民や流民くらいなものだろう。

六年前の祝福の儀式で俺が授かったのは、錬金工房という謎のスキルと自己回復、認識阻害の三つ。

両親が錬金術師だったこともあり、俺は錬金工房のスキルを磨いて錬金術師となるためにこの工房へと弟子入りした。

しかし、六年経ったいまでも錬金術のスキルが発動したことはない。

「ちょっといいかしら？」

工房の裏手へと続く扉を開けて声を掛けてきたのは二歳年下の少女、弟弟子の一人が即座に反応する。

「アメリアさん、なんでしょうか？」

ここにいる者は俺を除けば全員彼女よりも年下の弟弟子なので、自然と口調も丁寧なものとなる。

もちろん、年齢だけが理由ではない。アメリア自身、この工房にいる弟子たちのなかで最も優れた錬金術を使えるからだ。

「ルドルフを貸してくれる？　工房の片付けをさせたいの」

また後片付けか……。

工房の見習い錬金術師たちが後片付けを俺に押しつけるのは日常茶飯事だった。

「いま、行かせます」

「おい、さっさと片付けに行けよ」

「グズグズするなよ、アメリアさんを待たせるんじゃねえよ」

背中を蹴られた俺は、その勢いのまま、直ぐにアメリアの下へと駆け寄った。

「直ぐに片付けるよ」

「片付けくらいしか能がないんだからしっかりやってよね」

「ちゃんとやっておくから安心して」

俺は悔しい思いを内に秘めて返事をする。

片付けを始めようと工房へ入ると、後片付けをしていた別の少女と目が合った。

「そっちも片付けようか？」

「自分でやるからいいわ」

蔑むような視線に続く素っ気ない口調。関わりたくない、と全身で語っているのが伝わってくる。

「ルドルフ、ちょっといいか？」

入り口付近でマリウス親方が呼んだ。

「いま片付けをしているので終わってからでも良いでしょうか？」

「片付けか……そうか……。いや、片付けは後で良いから先に話をしよう」

そう言って親方は俺に付いてくるように言った。

「おい、いよいよじゃないか？」

「ルドルフのヤツも、もう十八歳だからな」

「大体、なんの成果もないのに六年間も一つのところに居座るなんて、図々し過ぎるんだよ」

弟弟子たちの言葉に俺は不安をかき立てられた。

そろそろ見習いを辞め、工房を出て行かなければならない時期だということは知っていた。

俺は親方の後に付いて工房の外へと出る。

しばらく並んで歩いていると、親方が言いにくそうに切り出した。

「ルドルフ、明日は誕生日だったな」

「……はい」

十八歳の誕生日。

本来なら見習いとしてスキルに磨きをかける期限である。

「俺のところへ来て、もう六年か……。早いものだな……」

「……はい」

「俺の知り合いに猟師がいるんだが……、認識阻害のスキルをそこで磨いてみる気はないか？」

「……いまからですか？」

スキルを活かしてどの職業に就くかは十八歳までに決めるのが普通だ。十八歳になってから新たにスキルの研鑽をするなど聞いたことがなかった。

「さすがにそれは難しいでしょ……」

自然と力のない笑いが漏れる。

「しかし、お前をこのまま俺の工房に置いておくわけにはいかないのもわかるだろ？」

「……はい」

やっぱり、だ。

俺は工房を出て行かなきゃならない。

そろそろだというのはわかっていたが、いざ親方の口から言われるとキツいものがあるな。

「お前の錬金工房というスキルは、やはり錬金術とは別物だったのだろう。いままで時間を無駄にさせてしまって申し訳ないと思っているよ」

「俺が不甲斐なかっただけです……」

「お前の亡き父上――、ブラント前子爵にも顔向けできんな、こんなことじゃ……。本当に申し訳ない」

親方が頭を下げた。

「いいえ、親方が謝るようなことは何もありません」

むしろ俺の方こそ感謝すべきだった。

無言でいる親方に言う。

「明日、工房を出ます」

「そうか……」

しばしの沈黙の後に親方は再び猟師の下で認識阻害のスキルを磨かないか、と口にした。

「考えてみます。返事は明日で良いでしょうか……」

そう返すのが精一杯だった。


「眠れそうにないな……」

その日の夜、まったく眠れる気がしなかった俺は見納めだと思って工房のなかを歩いてみることにした。

「懐かしいな……」

錬金術に使われる様々な道具類が並ぶ。

錬金術師はあらゆる職人たちの上位に位置する職業だ。

鍛冶師が作る金属製の武器や道具、裁縫師が作る革製品、薬師が作るあらゆる薬品、大工や木工職人が作る木工品の数々。それらを熟練の技術ではなく熟練の魔法で創り出す。素材さえあればあらゆるものを創り出せるのが錬金術師である。

目指した遙かな頂に、改めて無謀な挑戦だったと実感する。

父と母の偉大さを思い知る。

十二歳からの六年間、ここで過ごした思い出が蘇ってくる。

「もう、ここにはいられないんだ……」

辛い記憶の方が多いはずなのに、思いだすのは優しく温かな思い出ばかりだった。初めてここへ来たときに温かく迎えてくれた親方や兄弟子たちのことが脳裏をよぎり、胸が熱くなる。

気付くといつの間にか涙が溢《あふ》れていた。

「ははは……。明日、ここを出て行くんだよな、俺……」

十二歳の祝福の儀式でスキルを得た俺は、その帰り道に盗賊に襲われて父と母を失った。

同時に肉親からの愛情と貴族の地位も失った。

親族は父の妹である叔母とその子どもたち。

しかし、子爵位を継承した叔母が俺を引き取ることはなかった。

そのままこの工房へ預けられ、芽の出ないまま六年間が過ぎたのだ。

「俺の人生ってなんだったんだろうな……。あのとき、俺も父さんや母さんと一緒に死んでいたらこんな思いをしなくてすんだのかも……」

涙が止まらない。

自己回復、祝福の儀式で授かった己のスキルを恨めしく思う。

これがあったから生きながらえた。

「これが治癒や回復だったら道も違ったかも知れないな」

自分しか回復できないスキルでは治療や回復を生業《なりわい》とする職業に就くことはできない。他の職業で活用できる可能性があったのは認識阻害のスキル。

これまでに何度も猟師を薦められたが、錬金術師になることしか考えていなかった俺はそのチャンスも棒に振ってきた。

自分の頑固さ……、いや、視野の狭さに今更ながらあきれかえる。

ひとしきり工房を回った俺は最後に親方の住む母屋へと向かった。

母屋から灯りが漏れていた。

「明日も朝が早いのに親方はまだ起きているのか」

俺は灯りに吸い寄せられるように窓へと近付く。すると、そこには見知った顔があった。

父の妹であるダニエラ・ブラントの夫、トーマス・ブラントだ。

「トーマス義叔父《おじ》さん？」

俺は慌てて身を隠す。

なんでトーマス義叔父さんがこんなところに？

もしかして、親方が俺を引き取るように進言してくれているのだろうか？

あり得ないと思いながらも聞き耳を立てた。

「そうか、とうとう明日出て行くのか」

トーマス義叔父さんの笑い声が響いた。

「まだ断言はしていませんが、出て行かざるを得ないでしょう」

「ルドルフには錬金術の才能はなかったということで間違いないのだな？」

「はい、この六年間で一度も錬金術のスキルが発動したことはありません。ルドルフの持つ錬金工房というスキルは錬金術とは異なるもので間違いありませんでした」

それを聞いてトーマス義叔父さんが高笑いをした。

「それは何よりの朗報だ、妻も喜ぶだろう」

「子爵様の心の重荷がなくなって喜ばしい限りです」

「まったくだ、これでアイツがブラント家を継ぐ可能性が潰えたのだからな」

「ルドルフのヤツがいつ錬金術を成功させるのか、私も毎日ハラハラしましたよ」

親方が調子を合わせて笑った。

どういうことだ？

トーマス義叔父さんと親方が……、俺がこの工房を出ていくことを喜んでいる。俺に錬金術の才能がなかったことを――、錬金工房のスキルが開花しなかったことを喜んでいる……。

「しかし、六年間か。長かったな」

「そこは私を褒めてください。弟子たちを使って、ルドルフが逃げ出さない程度に精神的な苦痛を与え続けました」

「だが、心は折れなかったのだろう？　少し手緩かったのではないか？」

親方がトーマス義叔父さんの指示で俺を追い詰めていただと……？

胸が締め付けられるように苦しい。

俺は、こみ上げてくる吐き気を必死に押さえて二人の会話を聞き取ることに集中した。

「これが約束の報酬だ」

革袋がテーブルの上に投げられ、重みのある音が響いた。

「ありがとうございます」

「これであとはルドルフが死んでくれれば万事収まるな」

「自己回復があるので簡単には死なないでしょう」

実際にこの工房でも何度か事故に見せかけて怪我をさせましたが何《いず》れも治ってしまいました、と残念そうに言った。

「まったく、両親と一緒に死んでくれれば面倒がなかったものを」

「悪運が強いヤツですから」

「義兄夫婦の暗殺に成功しただけでも良しと思うしかないか」

トーマス義叔父さんの笑い声が響いた。

今なんて言った？

俺の両親の暗殺に成功した、だと……？

頭が真っ白になった。

トーマス義叔父さんの声が響く。

「ルドルフを殺せば約束の倍の金額を出すが、どうだ？」

その言葉に怒りが湧き上がった。全身が震え、無意識に握りしめた拳から生暖かいものが流れ落ちる。

「そこまでは……」

「度胸のないヤツめ」

「申し訳ございません」

「では殺し屋はこちらで手配するから、お前はアイツの居所がわかるような魔道具を用意してくれ」

「ちょうど良い魔道具がございます」

親方は簡素な装飾がされた短剣と小さな手鏡をトーマス義叔父さんの前に差しだし、「追跡の短剣です」と得意げに薄笑いを浮かべる。

「追跡の短剣？　どのように追いかけるのだ？」

「短剣がどの方向に、どのくらいの距離にあるのかをこちらの鏡に映し出します」

鏡で判別できる距離はおよそ百キロメートルだと得意げに付け加えた。

「それだけの距離を追えるなら危険を冒して領内で殺すこともないな。領地を出た後、どこへ向かうかは知らんが遠く離れたところで殺すとしよう」

俺を殺す？

俺を殺すために親方が魔道具を提供するのか？

混乱する俺の耳にさらなる衝撃が届く。

「念のため、お前はアイツがどこへ向かうのかを確実に押さえておけ」

「承知いたしました」

俺は殺されるのか？

叔母が子爵の地位を確実にするために？

そんなの俺を殺さなくたって子爵の地位は叔母のものじゃないか……。

そこから先の義叔父と親方の会話は覚えていない。

気付くとベッドの中に潜り込んだまま、俺は一睡もすることなく朝を迎えた。


早朝、弟弟子たちが起き出す前に荷物をまとめて親方の家の扉を叩く。

「もう出発するのか？」

眠そうな顔で扉を開けた親方だったが、俺の旅装束を見るなり眠気が吹き飛んだように目を見開いた。

「はい、別に弟弟子たちに挨拶をする必要もないかと思いまして」

「少し冷たいんじゃないか？」

「申し訳ありません……」

「いや、そうだな……。黙って出て行った方が良いかもしれないな」

俺が黙っていると、

「ちょっと待っていろ」

そう言って奥の部屋から短剣とカバンを持って戻ってきた。

「これは餞別だ。短剣はそれなりの業物だ。護身用に大切にしてくれると嬉しいよ。カバンのなかには鋼と鉄、何種類かの薬草が入っている。錬金術の練習に使ってくれ」

「ありがとうございます」

昨夜見た追跡の短剣を俺は素直に受け取った。

「あと、これはわずかだが路銀の足しだ」

「これは頂けません。蓄えなら六年間の給金があります」

決して多い額ではないが、それでも三ヶ月は暮らしていけるだけの蓄えである。

「これは私の気持ちだ」

無理矢理俺の手のなかへと押し込んだ。

「ありがとうございます」

「元気でな」

「はい、お世話になりました」

顔を上げるといつもの優しげな笑顔があった。

この笑顔で六年間俺を騙し続けていたのか……。

「では、失礼します」

「ルドルフ、どこへ向かうんだ？」

「まだ何も決めていませんが、この時間ならバイロン市に向かう馬車があるはずです。その馬車に乗せて貰おうかと考えています」

俺はそう言って六年間世話になった親方のもとを後にした。


南門へ来てみると予想したとおり、幾つかの駅馬車があった。

駅馬車に素直に乗るか、行商に同行させてもらうかと悩んでいると威勢のいい若い行商人の声が耳に届く。

十代半ばの若い商人が他の商人から大量の商品を買い付けているところだった。

「積み荷の心配は不要だ！　あるだけ買うぞ！」

「大丈夫か？　欲張って馬車が動かなくなっても知らないぜ」

「なんの心配もいらない」

若い商人が意味ありげに笑う。

「マジックバッグか！　そりゃあ、スゲえ」

「違う違う、アイテムボックスだよ」

得意げに言う若い商人の言葉に仕入れ先の商人が目を丸くした。

「それは羨ましいな。アイテムボックスがあるなら商人として成功したようなものじゃないか」

「だろう？　俺に投資しないか？」

「アイテムボックスの容量しだいだな」

仕入れ先の商人が慎重に答えた。

アイテムボックス――、魔法のスキルの一つで、魔力量に応じて異空間にものを収納して持ち運びができるというスキルだ。しかも、アイテムボックス内では時間が経過しない。これなら荷物の重量や鮮度が低下するような商品でも、気にしないで運ぶことができる。

貴族や商人なら喉から手が出るほど欲しいスキルだ。

ただし、希少なスキルでもある。

俺自身、これまでの人生でアイテムボックスのスキルを持っている人と会ったことがなかったのもあり、興味をそそられて彼らのやり取りを見ていた。

「手始めだ。ここに積んだ荷物くらいなら全部収納できるぜ」

若い商人はそう言うと積み上げられた荷物に向かって右手をかざした。次の瞬間、荷物が消え、周囲から響《どよ》めきが湧き上がる。

「今のを全部か！　これほどの量を収納できるアイテムボックスは初めて見たぞ」

「どうよ！　俺に投資してみる気になったか？」

アイテムボックスを使ってみせた若い商人を中心に、たちまち人だかりができた。

彼らの表情を見ればわかる。若い商人のアイテムボックスのスキルを目の当たりにした者たちには一様に衝撃が走ったのだろう。

しかし、俺に走った衝撃は間違いなく彼ら以上だった。

俺はこっそりと自分の荷物に右手をかざして、それらを錬金工房へ収納しようと意識する。

刹那《せつな》、俺の荷物が消えた。

俺の頭のなかに収納されたものが一覧として表示される。

「これが錬金工房のスキル……」

鼓動が早まる。

興奮をしているのが自分でもわかる。

若い商人がアイテムボックスのスキルを発動するところを見た瞬間、錬金工房のスキルで同じようなことができるのを理解した。

そして、直感的にわかる。この錬金工房のなかに収納すれば鑑定ができることが。錬金工房のなかに必要な素材があれば錬金が行えることが。

自然と笑いが込み上げてくる。

それと共に父母を殺害し、今また俺を殺そうとしている叔母夫婦への怒り、そんな叔母夫婦に協力して俺を騙し続けた親方への怒りが。

無力ゆえに心の奥底へと押し込めていた復讐心が急速に浮上する。

今はまだ無理だが、光明は見えた！

「人生最悪の日だと思っていたが、これは人生最良の日なのかもな……」

錬金工房の能力を磨いて力を手に入れてみせる。

待っていろよ、必ず敵《かたき》は討つ。

昨夜のように全身が震え、いつの間にか拳を握りしめていた。しかし、それは怒りにまかせたものではなかった。まして恐怖心はかけらもなかった。

高揚感が俺を支配する。

いや、落ち着こう。

錬金工房のなかに収納した素材で錬金術ができるか試してみないと。その前に、どれだけの量を収納できるのかも確かめないとダメだし、鑑定だってどこまでできるのか確認しないと。

興奮状態から冷め、やらなければならないことが次々と頭のなかに浮かぶ。どんな順番でこなさなければならないのかの整理が付かなくなってしまった。

「一旦、落ち着こう」

今度は口に出して自分に言い聞かせる。

まずは認識阻害を発動させて、人々の意識と視線が向かないようにする。

「よし、これで多少の独り言や不自然な行動も問題ないはずだ」

次に錬金工房の能力を確認する。といっても説明書きがあるわけじゃないので、試行錯誤するしかなかった。

「まずはアイテムボックスの機能だ」

足元に残した手荷物も錬金工房のなかへと収めてみると、あっさり収納できた。

容量の限界はまだ感じない。

「もしかして、この機能だけでも商人として成功できるんじゃないのか？」

急に未来が拓けたかような錯覚を覚える。

いや、成功するかは容量次第だ。ここは慎重になろう。

いま俺が収めただけでも大きめの背負い袋一つと大きめの手提げカバン一つ。

容量の確認だけなら岩でも樹木でも適当に収納してみればわかるだろうが、これ以上ここで試すのは無理だ。道中、折をみて試してみるとしよう。

「次は鑑定」

親方から貰った金属を鑑定すると一つが高純度の鋼、他のもう一つは高純度の鉄であると表示された。

「薬草はどうだろう」

回復薬の材料になる回復の薬草、毒消し薬となる毒消し草など、貰った薬草を次々と鑑定していく。

どれも自分が知っている知識通りに表示された。

「これだと鑑定の範囲がわからないな」

自分が知っている範囲のことしかわからないのか、鑑定スキルと同様に自身の知識外のことまでわかるのかも確かめたいところだ。

俺は手持ちの荷物を片っ端から鑑定してみることにした。

鑑定の結果は上々だ。

恐らく、通常の鑑定スキルと同様の能力を発揮していると考えていい。問題は通常の鑑定スキルが見ただけで発動するのに対して、俺の鑑定スキルは錬金工房のなかに収納したモノにしか使えないということだ。

使い勝手の上では通常の鑑定スキルよりも数段劣る。

「少し残念だな」

気付くとそう溢していた。

俺は自分の贅沢さに思わず苦笑してしまう。

「次はいよいよ、錬金だ」

高純度の鋼と鹿の角に意識を集中する。

イメージするのは小ぶりのナイフ――、刃渡り十五センチの鋼の刀身に鹿の角の柄。イメージが固まったところで一気に魔力を流し込む。すると、錬金工房のなかにたったいまイメージしたナイフが出現した。

当然、素材となった鋼と鹿の角は消失する。

「できた！」

思わず叫んでいた。

俺はたったいま作ったナイフを錬金工房から取りだして手に取った。

「出来映えは上々だ。商品として充分に通用する出来どころか……一人前の鍛冶師が打ったナイフだと言っても通用するだろう」

とても初めて錬金術を成功させた未熟者の作品ではない。俺の錬金工房スキルは、もしかしたら錬金術スキルの上位互換《じょういごかん》の可能性がある。

その可能性が頭に浮かんだだけで、胸が高鳴る。

「焦るなよ……。まずは他の国へ逃げ延びて力を付ける。全てはそれからだ……」

ナイフを持つ手が震えていた。


俺はマリウス親方に告げたバイロン市ではなく、真逆の方角にあるコーツ市へと向かう乗合馬車に乗り込んだ。二台の乗合馬車と行商の馬車が一台。合計三台の馬車隊である。護衛も乗合馬車一台に三人ずつと行商の護衛が五人の合計十一人と、この規模の馬車隊にしては護衛が多いことも決め手となった。

「お兄さん、随分とご機嫌じゃないの」

乗合馬車で俺の正面に座った三十代半ばの女性が俺のことをシゲシゲと見ながら言った。

「そうですか？」

「さっきから顔がニヤけているよ」

しまった。無意識のうちに浮かれていたようだ。

「今日、旅立ちなんですよ」

「へー、一人前ってことかい。おめでとう」

「ありがとうございます」

その後、軽く言葉を交わして再び錬金工房の検証――、対象物を錬金工房へ収納するのに必要な条件の検証へと戻る。

周囲に気付かれないよう、馬車のなかから外の岩や石、樹木を収納したり取り出したりを繰り返した。

その結果に俺自身驚いている。

ここまでわかったことを整理しよう。

あの若い商人がやっていたように対象物に手をかざすといった動作は不要。さらに、距離も十メートルの範囲なら自在に収納と取り出しができた。一度に収納できる重量も恐らくは一トンを超えているし、これまで収納した総重量は十トンを超えているはずだった。あの若い商人が一度にアイテムボックスに収納した重量は三百キログラムくらいだった。それでも周囲の人たちは驚いていたし、本人も得意げだった。

俺が持っている錬金工房スキルの収納能力はアイテムボックスの上位互換と考えて間違いないだろう。あとはアイテムボックス同様に時間経過しないかどうかだ。

この検証は文字通り時間が答えを出してくるだろう。

さて、次は錬金術だ。

俺は収納した岩から少しずつ鉄鉱石を取り出して一振りの長剣を作りだした。

自画自賛になるが、親方の作る剣よりも遙かに優れたものだ。錬金工房から剣を取りだして自身の目で改めて見る。

「お兄さん、抜き身の剣を馬車のなかで手にするのはやめておくれよ」

正面の女性が怯えるように言った。

「すみません」

「あんちゃん、もしかしてアイテムボックスのスキルを持っているのか?」

隣の男性が聞いた。

突然、何もない空間から抜き身の剣を取り出したらアイテムボックス持ちだと思うよな。

「ええ。とは言っても、容量は凄く小さいんですけどね」

貴重品と一人旅の荷物を入れれば満杯になる程度だと笑って返す。

「それでも羨ましいよ」

「兄さんは商人になるのか?」

別の男性が聞いた。

アイテムボックス持ちなら貴族に雇われるか商人になるのが一般的らしい。

「まあ、そんなところです」

言葉を濁すと、先ほどの若い商人の話題へと移った。

「そう言えば、今朝、門のところでアイテムボックス持ちの商人がいたな」

「私も見ていましたが、凄い容量のアイテムボックスでしたよ。馬車三台分を楽々と収納していました」

あの若い商人は他の商人たちから融資を引き出し、最終的には馬車三台分もの物資をアイテムボックスに取り込んでいた。

あの若い商人と同じ都市に向かう乗合馬車に乗ることも考えた。

錬金工房の能力に気付くきっかけを与えてくれたわけだし、もしかしたら他の気付きを得られるかも知れないとの打算もあった。

しかし、それ以上にあの若い商人が危うく思えた。

得意げに大容量のアイテムボックスを見せびらかし、多額のお金を自分に投資させて商品を買い付ける。

それがあまりにも軽率に映った。

軽率な行動は不要なトラブルを招き入れる。

あの商人と同じ馬車隊に乗らなかった理由がそれだ。

「兄さんも容量が小さいからって気落ちしなさんな。アイテムボックスを持っているだけで成功の道は切り拓けるよ」

「そうだよ、自分の分の荷物だけだって十分じゃないか」

「ありがとうございます。容量は小さいですけど、なんとか活かせるよう頑張ります」

そのとき、御者が昼食を兼ねて休憩をすると告げた。

FAULTY SKILL

第2話

レベルアップ

ALCHEMY WORKSHOP

ブラント領の領都であるリント市を出発して三日目の夜を迎えていた。予定通りなら明日の昼前にはブラント領を出る。

俺はテントのなかで錬金工房を操作していたのだが、ふと手を休めて親方から貰った追跡の短剣について考えを巡らせる。

リント市を出発する際に追跡の短剣をバイロン市へ向かう乗合馬車に放り込み、俺自身はコーツ市へと向かう乗合馬車に乗り込んだ。向かう方向はほぼ真逆だが、追跡の短剣を放り込んだ乗合馬車がブラント領を抜けるのも明日の昼頃だ。昨夜の義叔父と親方との会話通りなら、義叔父の放った刺客が見当違いのコーツ市行きの馬車に接触するはずだ。

当然、俺が追跡の短剣を手放したことはバレるよな。

しばらく時間は稼げるだろうけど、あの夜の義叔父さんの様子を考えると一度見失った程度で諦めるとは思えない。

「やっぱり国外へ逃げた方がいいよなあ」

叔母は子爵だ。

生半可な力では復讐することはできない。それこそ返り討ちに遭うのが落ちだ。

「こちらもそれなりの準備が必要となる……」

国外へ逃げて商人として金を貯めて商会を立ち上げる。その傍らで錬金工房のスキルを磨き、強力な武器や防具、ポーションを作れる様になれば貴族との繋がりもできるだろう。金と権力があれば復讐の成功率だって跳ね上がる。俺の錬金工房なら商人としても錬金術師としても成功できるはずだ。

つい四日前までは呪われたスキルに思えていた錬金工房が、いまでは女神の恩寵《おんちょう》にすら思える。

俺も現金なものだよな。

「さて、もう少し錬金術を試してから寝るか」

俺は道すがら錬金工房のなかに収納した各種薬草を使ってポーション類を作ることにした。

理由は単純だ。

コーツ市に着いて直ぐに売れそうだからである。

武器や防具の需要もあるだろうが、消耗品であるポーション類なら間違いなく売れる。

ポーションを作っていると頭のなかに声が響いた。

『錬金工房のレベルが2に上がりました。錬金工房の収納容量が増加しました。土、水、火、風の属性付与が可能となりました』

「今のはなんだ……？」

錬金工房のレベルが上がったと言っていたよな？

スキルにレベルがあるなんて聞いたことがなかった。

錬金工房のなかを思い浮かべるが、なんの変化もない。

収納容量が増加したと言っていたが、まだ限界まで収納していないのでどれだけの容量が増加したのかも確認のしようがなかった。

「属性付与ができるとも言っていた……」

属性付与は錬金術師の範疇《はんちゅう》にない。

あらゆる職人の上位に位置する錬金術師だが、魔法の付与だけは例外だった。魔法属性を付与して魔道具とするのは付与術士の範疇である。

そして属性付与ができる付与術士は希少だ。

何しろ、付与魔法となんらかの属性魔法のどちらのスキルも所持していないとなれないからだ。

それこそ、二属性の付与ができる付与術士が生まれてくるだけでも天文学的な確率である。

俺の聞き間違いでなければ、土、火、水、風の四属性が付与できると……。

「……まさか、そんなことができるのか？」

自分の声が震えているのがわかった。

頭ではできないと思っていても、感覚ができると告げていた。

やってみよう！

俺は鉄の指輪を作り、風魔法による索敵《さくてき》を付与することにした。風魔法の索敵は空気の動きで周囲の地形や魔物、動物などのおおよその位置や動きを感知する魔法だ。成功すれば暗殺者が近付いてきても感知できるかも知れない、そんな淡い期待を込めて錬金工房のなかで属性付与を行った。

「成功した……！」

いや、成功したかはまだわからないはずだ。しかし、感覚では成功している。

「とりあえず、使ってみるか」

俺はたったいま作った索敵の指輪を錬金工房から取り出して、指へとはめて魔力を流す。

指輪を中心に俺の魔力が周囲に薄く広く拡散していくのがわかる。周囲の地形が頭のなかに浮かぶ。

同行している馬車隊の人たち、警備をしている人たちの位置と動きが手に取るようにわかった。

「本当かよ……！」

まるで夢を見ているようだ。

錬金術師が属性の付与までするだと？

ありえないことだ。

それは、錬金術師と付与術士と属性魔法のスキルを持っていて初めて可能なことだ。理屈の上では存在する可能性がある。しかし、そんな人間が存在するなんて聞いたことがなかった。

「しかも、四属性の付与だ……。もしかして、俺はこの世界で唯一無二の力を手に入れたんじゃないのか……？　……いや、もしかしなくても……そうだよ、な」

呆然としたつぶやきが自分の耳に届いた。

「この索敵、どの程度までできるんだろう」

好奇心から再び索敵の指輪に魔力を流し込んだ。

たちまち頭のなかに周囲の地形や人工物であるテントなどが浮かび上がり、人間や小動物などの動くものを感じ取る。

感知したモノのなかに、そこにあるはずのない動く物体があった。

形状からして人間だ。

しかも、徐々にこちらに近付いてきている。気付かれないように警戒しながら近づいてくる人間と思しき集団。

俺の頭のなかに「盗賊」と言う単語が浮かび上がった。

「急いで知らせないと」

俺は直ぐにテントを出ると、夜の番をしている護衛の冒険者と同行していた行商の御者に声をかける。

「盗賊らしき者たちが近付いてきています」

俺は感知した方向を指さした。

あるのは真っ暗な闇。

昼間の記憶をたどれば、その方向に身を隠せるだけの大岩が幾つも点在していることが思いだせる。

「何も見えないぞ」

「気のせいじゃないのか？」

「索敵の指輪で感知しました」

「魔道具か！」

御者と一緒にいた護衛の冒険者が直ぐに剣へと手を伸ばした。

「距離と人数はわかるか？」

「距離は五百メートルくらい先で、人数は十五人です」

「この方角以外から近付いてくる様子は？」

「今のところありません」

「よくやった、俺は仲間に声をかけてくる。君も同じ乗合馬車のメンバーに声をかけてくれ」

「私も店の人たちに知らせてきます」

「はい」

御者も直ぐに動く。

その場を離れて乗合馬車の人たちが集まっているところへと移動すると、ほとんどの人たちが既に眠っていた。

とりあえず起きていた二人に声をかける。

「盗賊が近付いてきています。護衛の人たちが迎撃態勢を整えていますが、我々も万が一に備えるようにとのことです」

「盗賊か……。どのくらいの規模なんだろうな」

「大人数だとシャレにならないぞ」

「盗賊の数は十五人です」

「その数は確かなのか？」

「これは風魔法の索敵が付与された指輪です」

力強く頷き、二人に指輪をしている右手を見せた。

すると、若い男性が驚いて俺を見返す。

「そいつで確認したのか？」

「はい」

「凄いアイテムを持っているな」

「いまは盗賊への対応が先だ」

もう一人の男性は若い男性にそう言うと俺を振り返る。

「兄さんは他の皆を起こしてくれ。俺たちは護衛の人たちと合流する」

「はい、わかりました」

俺は寝ている人たちを順に起こして回った。

最後の一人を起こしたとき、左手の方から護衛の人たちの声が夜の闇に響く。

「右側に回り込んだヤツらがいるぞ！」

「え？　右側ってこっちじゃないのかい？」

革の盾と短剣を手にして怯える女性に、長剣を携《たずさ》えた壮年の男性が「大丈夫だ」と安心させるように微笑みかけ、

「全部で十五人だって？　だったら四、五人こっちに回り込んでもおかしくない。だがな、それでも人数はこっちの方が多いんだ。それにヤツらはこっちが気付いていると知らない。間抜けなことに奇襲する気満々だ」

と軽く笑う。

不安そうにしていた女性もその言葉にニヤリと笑って盾を構え直した。

「まだ気付かれていないと思っているだなんて、おめでたい盗賊だね」

俺も道中で作成した弓矢を引き絞る。

敵の姿は見えないが索敵の指輪で不審な動きをする者を感知できる。

その方向めがけて矢を放った。

「ウグッ」

小さなうめき声が聞こえた。

「兄ちゃん、やるじゃないか！」

「索敵の指輪で感知した方角に矢を射ただけです。当たったのはたまたまですよ」

「それでもお手柄だ」

壮年の男性は隣の二十代半ばの男性に声を掛ける。

「俺とお前さんで兄ちゃんの盾になる。兄ちゃんには俺たちの背後から矢を射かけて貰おう」

「動かなくて良いのは助かりますね」

二十代半ばの男性もニヤリと笑って応じた。

俺は大盾を構える二人の後ろから暗がりに向けて矢を放つ。しかし、最初の一射以降まったく当たらなかった。それでも続けざまに五十本以上の矢を放っている。

そのお陰で敵が近付くのを防げていた。

「弓だ！　弓を射ている連中を黙らせろ！」

盗賊たちの混乱している声が闇夜に響く。

「ダメだ、近づけねえ！」

「どんだけ矢を持っているんだ！」

索敵の指輪でも盗賊たちの混乱具合がわかるが、彼らの声は指輪以上にその混乱振りを伝えていた。

しかし、声の数が減る様子はない。

「やはり最初の一射目はまぐれだったようです」

「矢はまだあるか？」

壮年の男性が矢の残り本数を気にかける。

「はい、十分にあります」

「アイテムボックス持ちだとは知っていたが、どんだけ矢を持っているんだ？」

なるほど、矢の残り本数か。

初めての実戦ということもあり、戦闘中に矢の残り本数を気にするという感覚がなかった。

錬金工房のなかにはまだまだ素材がある。矢が尽きる前に作れば良いだけ、と考えて残りの本数を気にすることなく射続けていた。

近付けずに苛つく盗賊たちの声が響くなか、矢が飛び交う。

「畜生！　矢が足りねぇ！」

「無駄打ちをするな」

飛び交うと言っても盗賊たちの放つ矢は散発的で手数は圧倒的にこちらが上だった。

なおも索敵の指輪で感知した方向へ次々と射続けていると、若い男性が振り返って言う。

「なあ、兄ちゃん……。随分と矢を射ているけど手は大丈夫なのか？」

「手？　手がどうかしましたか？」

何を言っているんだ？

「いや、大丈夫ならいいんだ……」

男性が再び視線を前方に戻すと、俺の隣にいた年配の女性が俺の右手をマジマジと見る。

「お兄さんの手は随分と頑丈にできているんだね……」

そういうことか！

素手で矢を射続ければ感覚が麻痺したり手の皮が剥けたりする。俺は休みなく連射できることが普通でないと、このとき初めて気付いた。

俺が持つ自己回復のスキルがこんなところで役立つとは思ってもみなかったな。

「自己回復というスキルを持っているんです」

自分自身の疲れや怪我を自動で回復するスキルであることを説明した。

「疲れ知らずのスキルか。そいつは羨ましいな」

「疲れ知らず、ですか……、そうかも知れません」

振り返れば、精神的に疲れたことはあっても肉体的に疲労困ぱいしたことはなかった。それどころか多少の怪我なら二、三日寝ていれば治る。

もしかしたら「自己回復」というのは凄いスキルなのかも知れない。

考えてみれば、錬金術にこだわって自己回復や認識阻害のスキルを磨こうともしなかった。それどころか、スキルの可能性を考えたことすらなかったな。

「アイテムボックスといい、そのスキルといい、兄ちゃんは神様に祝福された側の人間だな」

祝福か……。

この六年間、蔑まれることはあっても羨ましがられることはなかった。

「そうですね。神に感謝するばかりです」

錬金術に固執するだけでなく、他のスキルの可能性やスキル同士を組み合わせて何ができるかも模索してみよう。

俺は湧き上がる歓喜を抑えて、盗賊を撃退する方法を考える。

付与魔法を試してみるか。

矢を射かけながら錬金工房内にある弓に飛距離向上と威力向上を付与してみたが、あっさりと成功した。

嘘だろ……。

戦闘のついでにできるようなことじゃないぞ！

俺の矢を射る間隔が長くなったことに気付いた壮年の男性が振り返える。

「どうした？　さすがに疲れたか？」

「いえ、大丈夫です。弓の張りが悪くなったので交換する隙をうかがっていました」

心配する男性に笑みを返し、俺は新たに作成した弓といままで使っていた弓を交換して再び矢を射かける。

手を離れた瞬間、矢がもの凄い速度で夜の闇に吸い込まれていった。

一本射ただけで違いがわかる。初速が明らかに向上していた。

それは側で盾を構えていた男性にもわかったようでマジマジとした表情で俺を見る。

「疲れ知らずどころじゃないな……！」

「いまの矢、さらに速くなったんじゃないのか？」

壮年の男性だけでなく、もう一人の若い男性も驚いてこちらを見た。

「飛距離向上と威力向上の魔法が付与されている弓を持っていることを思いだしたんです」

「それは大した代物だ、大切にしろよ」

壮年の男性に続いて若い男性が苦笑しながら言う。

「思いだしたって……、随分とのんきな兄ちゃんだな」

「もう一つあるのでよろしければお貸ししましょうか？」

会話をしながら、いま手にしている弓と同じものを錬金術と付与魔法で創り出す。

「え？　いいのか？」

若い男性は大切なものなんじゃないのか？　と遠慮したが、俺はゆっくりと首を振って言う。

「ここで生き延びないと大切な代物もなにもありませんからね。自分の持っている武器が生き延びる確率を上げるなら喜んでお貸ししますよ」

「いや、俺たちは盾役に専念しよう。俺たちが弓を射る側に回るよりも、兄ちゃんに矢が当たらない方が戦力になる」

若い男性を壮年の男性が止めた。

「そうだね、あたしもそう思うよ」

年配の女性も壮年の男性に同意すると、若い男性は少々惜しそうな顔をしながらも、

「確かにその通りですね」

と盾役に専念することにした。

盗賊たちの放つ矢の数が目に見えて減ってきた。それに反して盗賊たちの罵詈雑言と愚痴が増える。

「弓じゃなく出てきて剣で戦え！」

「ダメだ！　こっちは相手の手数が多すぎる！」

「畜生、弓隊でも雇ってやがるのかよ！」

闇夜から盗賊たちの怨嗟《えんさ》の声が聞こえた。

それを聞いた女性がおかしそうに笑う。

「弓隊だってさ、お兄さん」

「無理もないさ」

「連中からすれば信じられない数の矢が降り注ぐわけですから、そりゃあ愚痴の一つも言いたくなるでしょう」

壮年の男性と若い男性も続いて笑う。

「こうなってくると盗賊も情けないね」

「盗賊の泣き言を聞くってのは気持ちがいいですよね」

「食い詰めて盗賊になったような連中だ。根性なんてないだろうから、直ぐに音を上げるのもわかるけどな」

三人にも余裕が出てきたようだ。

そんななか、再び闇夜から盗賊たちの声が聞こえる。

「逆だ！　逆側へ回り込め！」

「こっちは諦めろ！」

「逆側から崩すぞ！」

それを聞いた女性が俺を見ながら言う。

「逆って左側かね？」

「盗賊たちが音を上げたとすればそうだが……、それはそれでヤバいよな」

壮年の男性も俺を見た。

矢の数で圧倒して盗賊たちを寄せ付けなかったが、仕留めたのは一人か二人だけだろう。

分散していた戦力を中央から左側に集中させたことになる。

確かにまずい。

俺は索敵の指輪を使って盗賊たちの動きを確認した。

「いままでこちら側に張り付いていた盗賊は一人も残っていません。戦える盗賊たちは全員中央から左側へと向かったようです」

実際にはまだ中央に合流していない。

俺は弓を引き絞りながら言う。

「矢が届く距離にいるので、追撃します」

「はあ!?　ここから中央に届くのか？」

「豪腕だね、お兄さん……」

若い男性と女性が呆れた顔でこちらを見た。

「付与魔法のお陰です」

「そんなことあるかよ。すごいのは兄さんの底なしの体力と頑丈さだよ」

壮年の男性も呆れる。

まいったな、馬鹿にされたように呆れられるのは慣れているけどこういうのは苦手なんだよな……。

「ともかく、追撃の矢を放ちます」

再び俺の連射が始まり、中央付近へと向かう盗賊たちの間から悲鳴と怨嗟の声が上がる。

「随分遠くから野太い悲鳴が聞こえるけど……、気のせいだよね？」

女性が男性二人を見た。

壮年の男性は呆然とした顔で首を振って言う。

「俺にもそう聞こえるよ」

女性が若い男性を見たが、若い男性は盾を構えるのも忘れて俺が矢を射る様子を立ち尽くして見ていた。

中央付近を襲撃していた盗賊たちも俺の矢が届くと急に威勢が落ちた。聞こえてくる声がこちらを威嚇するようなものから悲鳴と泣き言へと変わる。

右側に配置されていたのは護衛のなかでも精鋭だったようで、中央付近の盗賊たちの声が悲鳴と泣き言へと変わる前には既に攻撃に勢いがなくなっていった。

その様子を聞いていた壮年の男性が言う。

「右側は心配するまでもなく盗賊を撃退したようだな。中央も逃走態勢に入っているみたいだし、俺たちの勝ちだ」

「終わりですか？」

「ああ、もう終わりだ」

「盾で守ってくださってありがとうございました。お陰で恐怖は半分ですみました」

俺の言葉に壮年の男性と女性が笑い、若い男性がからかう。

「なんだ、二人も盾役がいたのに半分も恐怖心が残っていたのか」

「すみません、臆病者なんですよ」

壮年の男性が俺の背中を叩いて言う。

「今夜の殊勲《しゅくん》は間違いなく兄ちゃんだ。兄ちゃんがいなかったら俺たちもどうなっていたかわからなかったぞ」

「まったくだ。少しは自信を持てよ。もっと胸を張れ。そうすりゃ女にモテるぞ」

若い男性の言うことに女性が笑いながら反論する。

「何を言ってるんだい。いまでもお兄さんは十分に魅力的だよ」

いままでこんな風に他人から褒められるなんてなかったな……。

奇妙な居心地の悪さと照れくささが襲う。

こんなとき、なんて返したら良いのかわからずに苦笑いを浮かべる俺の背中を、壮年の男性が叩く。

「どうした？　兄ちゃんの手柄だ、胸を張れ」

「はあ」

俺の薄い反応に壮年の男性は「まあ、いいか」とつぶやくと、俺と若い男性に向かって言う。

「さて、ゆっくり眠りたいが、戦闘の後始末をしないとな」

「ですね」

「行きましょうか」

壮年の男性と若い男性と一緒に俺も自分が射かけた矢の回収を兼ねて、双方の被害状況を確認することになった。


盗賊を撃退した翌朝。

野営地の片隅で朝食の用意をしていると、俺の進言を聞き入れてくれた護衛の冒険者が声を掛けてきた。

「昨夜はお手柄だったな」

冒険者が右手を差し出したので握手をしながら、逃亡用に用意した偽名を名乗る。

「ルー・クラッセンです」

「盗賊を二人も仕留めたそうじゃないか。他にも結構な人数に怪我を負わせた痕跡があったぜ」

「当たったのはまぐれですよ」

「確かに当てたのはまぐれかも知れないが、あれだけの数の矢を射られるのは正真正銘実力だ。それだけで十分に武器になる」

自慢していいぞ、と豪快に笑った。

昨夜、俺が射た矢の数は全部で二百五十六本。そのうちの敵に当たったと思われる矢の数は十本に満たないものだった。それでも二本が致命傷となり盗賊二人を仕留めていた。

「ありがとうございます」

しばし、俺のことを黙って見つめていた冒険者が口を開く。

「お前さんの放った矢の数は尋常じゃないってわかっていないようだな」

「えーと、一緒の馬車に乗っている人たちからそんなようなことを言われました」

「実感が湧かねえか?」

「そうですね」

「たった一人であれだけの矢を射られるヤツを俺は他に知らないし、噂でも聞いたことがない。それくらい凄い射手だってことだ」

「珍しいスキルですから」

「戦闘後に現場を確認して俺も驚いたが、あんな数の矢が降り注ぐとは盗賊たちも思っていなかっただろうな」

彼が「ヤツらの慌てた顔が容易に想像できるぜ」と笑うが、どう反応していいのかわからず、俺は曖昧に笑うしかなかった。

　彼がさらに言う。

「それに盗賊に真っ先に気付いたのもお前さんだ」

「それは索敵の指輪のお陰です」

「何にしても一言お礼が言いたくて来たんだ」

「よしてください。俺なんて本当に何もしていないんですから」

「自分を卑下するな」

「すみません」

　思わず口癖で謝ってしまった。

「お前さんが近付いている盗賊に気付かなかったら、こちらにも大きな被害が出ていたのは間違いない。それを未然に防いだんだ。お礼くらい言わせてくれ」

　護衛の冒険者が「ありがとう」というお礼の言葉とともに頭を下げた。

「どういたしまして……」

「返しのセンスはないな」

　そう言うと、彼は豪快に笑って元いた場所へと戻っていった。入れ違うように同じ乗合馬車に乗っている年配の女性が近付いてきた。

「昨夜はよく眠れたかい？」

「興奮してあまり眠れませんでした」

「初めての戦闘じゃしかたがないよ」

女性は手にした木の器を俺に差しだして言う。

「少し作り過ぎちゃったから、お兄さん食べてくれないかい？」

「え？　良いんですか」

「お兄さんに食べてほしいんだよ」

「ありがとうございます」

温かいスープの入った木の器を受け取ると、

「なんだ、先を越されちまったか」

男性の声が聞こえた。

昨夜、盾で俺のことを守ってくれた年配の男性と若い男性が並んでこちらへ歩いて来るところだった。二人とも、手には料理の載《の》った皿を持っている。

「昨夜は守ってくださり、ありがとうございました」

「兄さんの活躍を手助けできたんだ。俺たちだって鼻が高いってものよ」

「昨夜は助かったよ」

二人がそれぞれ皿を差し出した。

「えっと……」

「なんだ、遠慮するなって」

「こんなおっさんが作った食事だけど食べてくれると嬉しいよ」

「ありがとうございます」

俺は二人からソーセージやワイルドボアの肉、炒めた野菜、パンの載った皿を受け取った。

「この野菜は出発する当日の朝市で買ったんだけど、買い過ぎちゃったからな。悪くなる前に使い切りたいんだよ」

「味の方は保証しないが、腹は膨れるぞ」

参ったな、こんなときなんて返せばいいんだ……？

「お腹が空いていたのでとても助かります」

「そうか、腹が減っていたのか」

年配の男性はそう言って笑うと他の二人も彼と一緒に笑いだした。

ひとしきり笑うと一緒に元いた場所へと歩きだす。

「ありがとうございます。遠慮なく頂きます」

俺は彼らの背中に向かってもう一度お礼を言った。

「さて、食事にするか」

自分で作っていたスープを錬金工房のなかにしまい、三人から貰った料理を食べることにした。

「美味い……」

自然と言葉が漏れる。

こんなに食事が美味しいと思ったのは何年振りだろう。少なくとも見習いとして工房に入ってからは食事が美味しいと思ったことは一度もなかった。食事が美味しいと思えるのなんて、六年ぶりかも知れない……。それに他人から褒められたり感謝されたりするのも六年ぶりだ。

改めて工房で過ごした六年間はなんだったのだろうと、暗い気持ちが湧き上がった。

その瞬間、首を振って意識を切り替える。

「もう、工房のことを考えるのは止めよう。せっかくの食事が不味くなる」

俺は三人から貰った料理を食べながら、いつの間にか涙を流していた。

FAULTY SKILL

第３話

索敵の重要性

ALCHEMY WORKSHOP

コーツ市に到着すると、これまで経由してきた市や町とは違ってどこかものものしい雰囲気が漂っていた。

国境が近いとこんなものなのかも知れないと思いながらも、俺は一緒の馬車に乗ってきた商人に尋ねてみる。

「何かあったんでしょうか？」

「冒険者も多いが、身なりの良い者たちもチラホラと見かけるから、どこかの貴族が滞在しているのかも知れないな」

「貴族ですか……」

改めて辺りを見回すと、装備のしっかりしたお抱え騎士風の男たちに混じって貴族のお屋敷にでも居そうなメイドと思しき女性たちの姿もある。

「誰が滞在しているのか知りませんが、面倒事だけは避けたいですね」

「まったくだ」

商人と二人でたわいない会話をしていると、宿泊の手続きをしにいった御者が血相を変えて戻ってくるのが見えた。

「ありゃ、何かあったな」

「貴族絡みでしょうか？」

「その方が助かるよ。面倒事は少ないに越したことはないからな」

商人が達観したように呟《つぶや》いた。

「ちょっと皆さん集まってください」

御者は戻るなり息を整える時間も惜しいと声を上げた。

周囲と御者の様子から察したのだろう、一緒の馬車で来た人たちが直ぐに集まってくる。馬車に乗っていた人たちが揃ったところで御者が切りだす。

「シェラーン王国のマクスウェル辺境伯がご滞在中です」

「マクスウェル辺境伯と言やあ、バリバリの武闘派貴族じゃねえか」

「あれはお抱えの騎士様か」

「マクスウェル辺境伯家は代々シェラーン王国の国境を守ってきた大貴族だ。当代のご当主様は六十歳を超えた女性だが若い頃は戦争で大手柄を立てて勲章をもらったって話だぜ」

三十代の商人はそう耳打ちすると、「俺の生まれる前の話だけどな」と付け加えた。

「ここからが重要な話なんですよ」

と言って御者は言葉を続ける。

「伯爵様のご厚意によりシェラーン王国までご一緒くださるそうです」

「それは、伯爵様のところの騎士様が俺たちのことも護衛してくれるってことか？」

「そうなりますね」

御者の言葉に集まった乗客たちがざわつく。

「騎士様の護衛か、そいつは心強いな」

「騎士様もそうだけど伯爵様もお強いんだろ？」

「四十年以上前とはいえ大戦の英雄だからな」

強大な火属性の魔法を操る大陸でも指折りの攻撃魔法の使い手で、大戦の英雄としてだけでなく二つの隣国と魔の森とも国境を接する要所を治める現役の領主とその騎士たち。

これほどに心強い同行者はそうはいないだろう。

「伯爵様は明日出発するので我々もそれに合わせて出発します」

滞在期間が一日短くなることを御者が告げたが異を唱える者はいなかった。


御者から注意事項を聞いた後、俺は路銀を捻出するために道中で作成したポーション類を売りに魔道具屋に向かうことにした。

「この辺りのはずなんだがな……」

馬車に同乗していた商人から教えてもらった魔道具屋の外観と目印となる銀葉のアカシアの木を探しながら歩いていると、角を曲がったところで広い庭にポツンと生えているアカシアの木が目に入る。

周囲から浮いた様式の建物と屋敷の前面に広がる薬草が植えられた庭。そして屋敷の扉へと続く道の傍らに銀葉のアカシア。

「あれで間違いなさそうだ」

銀葉のアカシアの木の手前まで来ると無意識に足が止まった。

母が好きだった木だ。

屋敷の庭に何本もの銀葉のアカシアの木があったのを思いだす。

幸せだった頃に思いを馳せていると、

「アカシアがお好きなのですか？」

涼やかな少女の声で中断される。振り向くと銀色の髪の美しい少女と武装した年配の男性がいた。

身なりからマクスウェル伯爵家の関係者だろう。

「はい、銀葉のアカシアは一番好きな樹です」

できるだけ丁重にお辞儀をして返答した。

すると少女は一瞬驚いたように目を丸くしたが、直ぐに愛らしい笑顔を浮かべる。

「私もとても好きな木です」

「正確には母が好きだった木です。母に手を引かれてアカシアの木を見たのを思いだしていました」

「失礼ですがシェラーン王国の方ですか？」

銀葉のアカシアはシェラーン王国の国境を守護するマクスウェル伯爵家の紋章でもある。それもあってシェラーン王国では武力の象徴としてあちこちで見かけると聞いていた。

翻って他の国ではあまり見かけない。

「いいえ、ブリューネ王国です」

「もしかしてリント市のご出身、とか……？」

「なぜですか？」

「リント市の広場に何本もの銀葉のアカシアがありますから」

「よくご存じですね。ご推察の通り、十二歳までリント市に住んでいました」

リント市の広場にある銀葉のアカシアの並木道を母と歩いたことがあるのだと付け加えた。

「幼い頃、私もリント市に住んでいました。もしかしたらどこかですれ違ったかも知れませんね」

銀髪の少女が微笑む。

懐かしさに釣られて少ししゃべりすぎたか……。

俺が言葉を探していると、年配の騎士が会話に割って入った。

「申し訳ありませんが、先に店に入っても良いでしょうか?」

「ええ、どうぞ」

内心ホッとして道を譲ると、少女は「失礼いたします」と軽く会釈して店へと向かって歩きだした。

大きい店だし、彼女たちの買い物が終わるまで商品をゆっくり見るのも悪くないな。

俺はそんなことを考えながら二人と少し距離を取って店へと向かった。

扉を潜ると店員の困ったような声が聞こえる。

「申し訳ございません」

「中級の回復ポーションはこの二本だけと言うことですか……」

少女がカウンターのポーション瓶を見ながら残念そうに溢した。

「下級のポーションすらなかなか入荷できないもので……」

店員が隣町に出かけた薬師の帰りが遅れているのだと付け加えた。

少女は逡巡《しゅんじゅん》したが直ぐに交渉を再開する。

「それでは下級のもので良いので、回復ポーションと解毒ポーションをお願いします」

「次の入荷がいつになるかわからない状況なので在庫の半分でもよろしいでしょうか……」

この地域に住む他の冒険者や住人のために半数は残しておきたいのだと店員が申し訳なさそうに告げた。

「当然です。半分で構いません」

「ありがとうございます」

店員がポーションの瓶が入った箱をカウンターの上に置く。

マクスウェル伯爵家の使用人がポーションの買い付けにきたのか。他国の領民のことを考えて半分だけの販売で了承するとは、思っていた以上に理解のある領主なのかも知れない。

「こちらの店でポーションの買い取りをして頂けると聞いてきたのですが、まとまった量のポーションでも買い取って頂けますか？」

俺は店員と少女のやり取りが聞こえなかった振りをして話しかけた。

三人が一斉に俺を見た。

「失礼しました。商談の途中でしたか」

「是非、買い取らせて頂きたい！」

少女と一緒にいた年配の騎士が真っ先に言った。

続いて、店員と少女のポーションを買い取りたいという申し出の言葉が重なる。

「お願いいたします」

「全部買い取らせてもらいます」

そこで、少女がハッとして発言を改めた。

「ポーションはこちらのお店にお売りください」

「え！」

驚いたのは店員だ。

店員が恐る恐る聞き返す。

「よろしいのですか……？」

「あちらの方はポーションをこちらの店に販売にいらしたのです。私たちが買い取っては横取りになりますし、こちらのお店の利益を奪うことになってしまいます。ですから、あちらの方から買い取られたポーションを適正価格で私たちに販売して頂けませんか？　もちろん、半分の量で構いません」

「はい、ありがとうございます。では、商談成立ということでよろしいですか？」

店員は頷く少女から、俺に視線を向けて言う。

「ポーションはどこにあるんだい？」

「アイテムボックスのなかです」

俺は錬金工房のなかに収納してある回復ポーションと解毒ポーションからそれぞれ五十本ずつをカウンターの上に出現させる。

瞬時にカウンターの上を百本の瓶が占拠した。

「うわっ」

三人とも驚いていたが声を上げたのは店員だけだ。

驚いている店員に俺が鑑定をうながすと、店員は表情を取り繕って直ぐに鑑定を始める。並べられた瓶の一つを手に取ると店員の表情が強ばった。顔を強ばらせたまま次々と瓶を手に取り鑑定を進めていく。俺と少女、年配の男性は無言で店員が鑑定する様子を見ていた。

「信じられない……」

ポーションの半分ほどを鑑定したところで店員からつぶやきが漏れた。

そして俺を見て探るように聞く。

「このポーションをどこで仕入れたんだ?」

「どういうことですか?」

「ポーションに何か問題でもあったのでしょうか?」

俺の言葉に続いて、ここまで黙っていた年配の騎士の問いただすような声が狭い店内に響いた。

その口調に驚いた店員が反射的に答える。

「問題はありません。ただ、どれも中級の回復ポーションでしたので仕入れ先を教えてもらえれば助かると思っただけです」

「中級だと」

「ええ、中級の回復ポーションです」

年配の騎士が反射的に聞き返すと、店員は落ち着いた口調でうなずいた。

再び俺に視線を向けた店員に言う。

「申し訳ありませんが仕入れ先は秘密です」

「この地域ではポーションが不足している。君が仕入れ先を教えてくれることで大勢の人の助けになるんだがな」

仕入れ先を教えてほしいとなおも食い下がる店員に、俺は「申し訳ありません」と頭を下げて言う。

「仕入れ先は明かさないという約束で調達したものなので」

「そうか、そういう事情ならしかたがないな……」

残念そうにする店員を年配の騎士がうながすと、店員はポーションの鑑定を再開した。


ポーション類の買い取りを終えて魔道具屋を出ると、年配の騎士が話しかけてきた。

「素晴らしいスキルに恵まれましたね」

「アイテムボックスですか？　そうですね、このスキルを活かして商人にでもなろうかと考えています」

「まだ職業を決めていないのですか？」

年配の騎士が少し驚いたように言った。

驚きもするか。

いや、呆れられたのか。

俺の年齢なら見習いの期間を終えて正式に独り立ちする。それがまだ職業を決めていないのだから無理もない。

「実は商人ともう一つで迷っています」

「あれほどの容量のアイテムボックスを持っていながら、他にも選択肢があるというのは羨ましい」

「商人になるか、どこかへ仕官するか迷っているだけです」

俺は適当にごまかすと、年配の騎士が目を輝かせた。

そして右手を差し出す。

「私はグレイグ・ターナーと申します。マクスウェル辺境伯家の護衛隊長を務めています」

「ルー・クラッセンです」

反射的に右手を取って答えた。

「行き先はどちらですか？」

「シェラーン王国のマクスウェル領です」

「では、マクスウェル辺境伯家への仕官を考えていると？」

「マクスウェル領は当面の目的地です。迷っているとは言いましたが、先ずは商人としてやっていくつもりです」

いずれは故郷であるリント市に帰るつもりであることも告げた。

「それは残念です。もし、マクスウェル辺境伯家への仕官をお考えの際は私を訪ねてください。推薦させて頂きます」

「アイテムボックスだけで大した評価ですね」

俺は笑ってそう答えると少女とグレイグさんと別れて冒険者ギルドへと向かった。


コーツ市を抜けて国境を目指す駅馬車に乗り込んだのが昨日のこと。十日後にはブリューネ王国とシェラーン王国との国境にあるミュールの町へと到着する予定だ。

ここまで叔母の差し向けた殺し屋の気配はない。ブラント領を抜けてから追跡の短剣だけが馬車のなかに転がっていたと気付いたなら、国境を越えるまで追いつかれることはないだろう。

その前に気付いていたとしたら、国境の手前当たりで追いつかれる可能性がある。

ここから先は合流する人たちに十分に気を付けるとしよう。

移動途中は馬車のなかで錬金工房のスキルを磨くことに時間を費やした。

錬金工房のなかには錬金術で作成した武器や防具、各種アイテムとポーション類が大量に入っている。

「コーツ市で随分と大量のポーションを売ったと噂になっていたぞ」

俺の正面に座った壮年の男性が聞いてきた。

確か、コーツ市で合流した冒険者だ。

「噂になっているんですか？」

「魔道具屋の店主が回復ポーションと解毒ポーションを入荷したことと、兄さんのアイテムボックスのことを吹聴していたぜ」

魔道具店だからと油断したかな。

錬金工房の収納能力を街中で大ぴっらにするのはやめた方がよさそうだ。

「路銀が少し心許なかったので……」

苦笑いを浮かべる俺に冒険者の男性が言う。

「自分の分はちゃんと残してあるのか？」

「はい、手持ちは十分にあります」

コーッ市で手持ちのポーション類の半分を売って、食料と錬金に必要な素材をあれこれと買い込んでいた。お陰で錬金工房のなかには幾種類もの素材が並んでいる。

「自分が使う分のポーションまで売っちまうような間抜けじゃなくて安心したよ」

「そんな人がいるんですか？」

「商人だったら自分の身の危険よりも金儲けってヤツが少なからずいるからな」

壮年の男性が笑うと隣の二十代半ばの女性も笑って言う。

「笑えない冗談ね」

彼女の知り合いの商人が実際に手持ちの武器まで売ってしまったそうだ。

俺は驚いて聞く。

「その人はどうなったんですか？」

「いまじゃ大金持ちよ」

「それは凄いですね」

驚く俺に女性が言う。

「運良く生き残ったから大金持ちになったんであって、手持ちの武器を売ったから大金持ちになったわけじゃないよ」

勘違いすると身を滅ぼすよ、と笑われた。

もしかして、からかわれたんだろうか……？

「生きてりゃ道も拓けるってものよ」

「はあ……」

「ところでお兄さんはどこまで行くんだい？」

曖昧な返事をする俺に女性が聞いた。俺は話題の移り変わりの激しさに面食らいながら答える。

「シェラーン王国です」

「ブリューネ王国との国境付近に開拓村が幾つもできているらしいけど、そこのどこかかい？」

「母の祖国がシェラーン王国なので訪ねてみようと思っただけです」

国境付近に開拓村が幾つもあるのは朗報だ。錬金術師としても商人としても必要とされそうだな。

「お姉さんはどちらまで行かれるんですか？」

「若い子にお姉さんなんて言われると照れちゃうわね」

ケラケラと笑うと、ミュールの町へ向かうのだと教えてくれた。

彼女の兄がミュールの町を拠点にしてシェラーン王国との交易を営んでおり、その手助けのために移住するのだという。

「シェラーン王国の辺境開拓はそんなに盛んなんですか?」

「開拓村を得意先にしている兄さんがあたしを呼び寄せるくらいには盛んよ」

シェラーン王国に入ったら開拓村を幾つか回ってみよう。必要とされるところがあればそこで頑張るのもありだよな。

「開拓村に興味を持ったの?」

「開拓村の存在を知らなかったので、少しだけ興味を惹かれました」

「だったら、ミュールの町に着いたら兄さんを紹介してあげるわ。シェラーン王国側の情報を持っているはずよ」

「お願いいたします」

頭を下げた。

その後、正面に座った壮年の男性を交えてたわいない話題に移ったので、俺はコーツ市で仕入れた素材を使って錬金を始めることにした。

目を閉じて眠った振りをしながら錬金を続ける。

しばらくすると、隣に座っていた老人が肩を叩いた。

「若いの、まもなく野営地に到着するそうじゃよ」

「もうそんな時間でしたか」

外を見ると陽が傾きかけていた。

「そろそろ野営地に到着するぞ」

御者が振り返ることなく大きな声で告げた。

「野営地を使えるのは助かるのう」

「昨夜は岩場でしたから、テントを張ってもゴツゴツして眠れませんでしたからね」

老人の言葉に壮年の男性が応じた。

定期的に大規模な隊商や駅馬車、行商人が行き交う街道なので野営地として利用できる場所が幾つか用意されていた。今夜はそのうちの一つが利用できる。

馬車から覗くと一キロメートルほど先に石造りの小屋が幾つか見えた。

「先客がいるようですね」

「人っ子一人見えないぞ」

俺の言葉に壮年の男性が怪訝な表情を浮かべて再度野営地を見た。

「俺は遠見のスキルを持っているが何も見えないぞ」

その言葉に御者も彼を支持する。

「兄ちゃんの見間違いだろ？　俺たちの他にはあそこを利用するような馬車は出てないはずだぜ」

ここからでは人影が見えないが索敵の指輪ではしっかりと人がいることがわかる。

「俺の目にも人影は映りませんが、この魔道具を使えばあそこに二十人以上の人がいるのがわかります」

左手の中指にはめている指輪を見せて、これが風魔法の索敵が付与された指輪であることを伝えた。

すると御者が護衛の一人を呼び寄せて言う。

「あの野営地に誰か隠れているかも知れない」

「バカなことを」

鼻で笑う護衛に俺は予備の索敵の指輪を差しだして自分で確認してほしいと頼んだ。

護衛は渋々と承諾して索敵の指輪を付けた。しかし、返ってきた言葉は期待外れのものだった。

「なんにもわからんな」

「そんなはずはありません。建物のなかでわかりにくいとは言っても二十人以上います。もう一度確認してみてください」

「あのな、兄ちゃん。そもそも風魔法の索敵でこれだけ離れている建物のなかを確認するなんてできないんだよ」

不安なのはわかるが、余計な手間をかけさせないでくれ、と言って指輪を返された。

そんな俺に御者が慰めの言葉をかける。

「気にするなよ。初めての旅なんだろ？　不安にもなるさ」

俺は、なおも食い下がる。

「では、近付いて確認をしてください」

「あのなあ……」

「それではマクスウェル辺境伯の護衛隊長に俺の言葉を伝えてください。待ち伏せで辺境伯やその家臣に何かあっては大変でしょう」

「しつこいなあ、兄ちゃんも」

食い下がる俺の言葉に護衛が呆れたように返した。

そのとき、年嵩の護衛が馬を寄せて来る。

「どうした？」

「いやね、この兄ちゃんが野営地に二十人からの人間が潜んでいるのを索敵の魔法で確認した、って言うんですよ」

「ここからか？」

年嵩の護衛もやはり呆れて俺と野営地とを見た。

「本当です！　近付いて確認をしてください！」

「しつこいなあ」

「まあ、そう言うな。どうせ先行させる者は必要なんだ。索敵ができる者を出させよう」

「ありがとうございます」

年嵩の護衛はお礼の言葉を笑顔で受け流して、別の護衛を呼び寄せた。

「先行して野営地を索敵してくれ」

「索敵？　ですか？」

呼ばれた護衛が怪訝な顔をした。

「建物のなかに何人か潜んでいる可能性がある」

「確認します」

そう言うと直ぐに馬を前方へと走らせる。

程なくして前方を走る馬車が止まり、先ほどの護衛が馬を飛ばして戻ってきた。

「当たりです！　人数まではわかりませんが、小屋のなかに何人か隠れていました」

「お前はこのことを辺境伯の護衛に伝えろ」

「わかりました」

索敵から戻った護衛がすぐさま馬を駆けさせた。

「若いの、助かったよ。それにしてもあの距離で大体の人数まで把握できるなんて凄腕なんだな」

年嵩の護衛はそれだけ言うと俺の返事を待たずに「戦闘態勢を取れ！」と号令しながら馬を走らせた。

続いて、俺が最初に相談を持ちかけた護衛が申し訳なさそうに頭を下げる。

「疑って悪かったな、兄ちゃん」

「いえ、お役に立てて良かったです」

「隠れているのは盗賊だろうな」

「チィッ」

護衛がそう言うと御者が舌打ちをし、壮年の男性が革の鎧を装着し始めた。

「普通の利用者は隠れたりしないよな」

「盗賊ってことですか？」

「まあ、そうなるな」

壮年の男性はそう言うと、俺に相手の数はどれくらいなのかと尋ねた。

「二十人以上います……。でも、建物のなかなので正確な人数までは掴めません」

「こちらの護衛は十五人だが、商人と乗客を合わせればこっちの方が多い。なんと言っても辺境伯の騎士隊がいる」

壮年の男性が「これほど心強いものはないな」とのんびりとした口調で言うと、護衛も口元に笑みを浮かべて言う。

「盗賊なんて元は食い詰めた農民や流民だ。俺たち本職の敵じゃねえよ」

「頼もしいわね」

女性の言葉に護衛がニヤリと笑って返す。

「もちろん、あんたたちも戦力として考えているからそのつもりで頑張ってくれよ」

「か弱い女をあてにして、情けないわね」

「俺たちがやられたら次はあんたたちだ。だったら力を合わせて生き残ろうぜ」

男の言うとおりだ。

俺は思いきって提案することにした。

「魔法が付与された剣や槍って需要ありますか？」

「余分に持っているのか？」

た。

「ええ、二十本以上余分に持っています」

俺は土の弾丸、水の刃、火の弾丸、風の刃などを付与した剣や槍を貸し出す用意があることを告げた。

「そいつは心強い！」

「兄さん、俺にも貸してくれないか？」

「俺にも頼むよ」

護衛だけでなく乗客たちまでもが興奮したように騒ぎだす。

剣や槍に付与した属性魔法はほとんどが飛び道具――、遠距離攻撃用の魔法だ。接近戦の武器を手にした状態で遠距離攻撃ができるのだから攻撃の幅は大きく広がる。

「これで生き残る確率が跳ね上がるぜ」

「兄ちゃん、ミュールの町に着いたら一杯おごらせてくれ！」

属性魔法が付与された剣や槍を、お礼の言葉を口にしながら受け取る。

彼らが高揚しているのがわかった。

もしかしたら、俺は彼ら以上に興奮しているのかもしれない……。

この心地よさはなんだ！

他人から認められるって、こんなにも嬉しいものだったのか。

俺は湧き上がる感情に心地よさを覚える。

経緯はどうあれ、あの工房を離れて、旅に出て良かったと実感していた。

FAULTY SKILL

第4話

属性魔法が付与された武器の力

ALCHEMY WORKSHOP

馬車隊と野営地との距離はおよそ五百メートルまで迫っていた。

自分でも緊張しているのがわかる。馬車のなかから真っ直ぐに野営地を見つめて固唾を呑む。

「兄さん、そう緊張するなよ」

「そうそう、辺境伯の護衛隊と兄さんが貸してくれた魔法の武器があるから、心配しなくても勝てるわよ」

壮年の男性と若い女性が励ましの声を掛けてくれた。

「緊張しているって、やっぱりわかりますか？」

「若い男の子の緊張する姿って好きよ」

「からかわないでくださいよ」

若い女性がクスクスと楽しそうに笑う。

まいったな。

工房には若い女性もいたけれど、好意的に接して貰えることなんてなかったから対応に困る。

そこへ壮年の男性が助け船を出してくれた。

「さて、緊張もほぐれただろうから、そろそろ戦闘前の最終確認をしようか」

「旦那、手慣れているね」

若い女性が感嘆の声を上げた。

革鎧から始まって籠手、脛当てといった装着している防具を手早く確認していく壮年の男性の様子を感心したように見ている。

「一応、従軍経験者さ」

「それは頼もしいね」

「そう言う姉さんも随分と落ち着いているじゃないか」

「まあね」

得意げな笑みを浮かべると、若い女性は自身がBランクの冒険者だと告げた。

彼女の言葉に、馬車のなかにいた人たちの間から感心する声が上がる。

Bランクの冒険者というのがどの程度の戦闘力があるのか俺にはわからないが、周囲の人たちの反応を見る限り相当に頼れる存在だとわかる。

周りの人たちの様子を眺めていると、驚いたように俺を見る壮年の男性と目が合った。

「もしかして、Bランクの冒険者の力がどの程度か知らないわけじゃないだろ？」

顔に出ていたらしい。

「すみません、実はよくわかっていません」

「世間知らずだな、兄さんは」

「だったら良い機会だ。Bランク冒険者の力をその目に焼き付けてあげるわ」

豪快に笑う壮年の男性の側で冒険者の女性が妖艶な笑みを浮かべた。

そして、他の乗客からはからかうような声が飛ぶ。

「良かったな、兄さん。美人の姉さんが良いものを目に焼き付けてくれるってよ」

「姉さんも若い男に良いところを見せようとして無理をするんじゃないぞ」

「バーカ。魔法の武器を貸し出してくれた気前の良い商人の坊やを、ちょっと励ましてやろうと思っただけだよ」

やっぱりからかわれていたようだ。

壮年の男性がささやく。

「兄さんが魔法の武器を貸し出してくれたお陰でこっちの戦力は格段に向上している。皆、感謝しているんだぜ」

「魔法の武器といってもそんなに凄いものじゃありませんよ」

「謙遜もほどほどにしたほうがいいぞ」

魔法の武器を受け取った護衛の何人かが性能を確認するために、付与されている魔法を試しに発動させていた。

護衛隊の隊長からも、強力な魔法が付与されていると改めて感謝の言葉を貰っている。

隣にいる壮年の男性もそれを聞いていたようだ。

だから言うのだろう。

「兄さんは自分のやっていることの価値を理解したほうがいい。そんなんじゃ他人に利用されるだけだぞ」

「そう、ですね」

「その弓も魔法の武器なんだろ?」

「ええ」

「じゃあ、手始めにその武器の性能を皆に見せてやろうや」

壮年の男性が豪快に笑いながら俺の背中を叩いた。


野営地まで約距離三百メートル。

気付けば一般的な攻撃魔法や弓の射程圏内に入っていた。

馬車隊の先頭の方から火球が放たれ野営地に立てられた木造の小屋を直撃した。爆音が辺りに鳴り響くと木造の小屋が木っ端微塵になり、なかに潜んでいた盗賊たちが吹き飛ぶ。

乗客たちが色めき立つ。

「仕掛けたか！」

「さすが辺境伯のお孫さんだ。スゲー威力だな……」

火球が放たれた辺りに目を向けると、疾走する馬車の御者席に立つ銀髪の少女の姿があった。

魔道具屋でグレイグさんと一緒にいた少女だ。

彼女は辺境伯の孫だったのか。なるほど、それで銀の髪に琥珀の瞳なのか。

「こっちもでるよ」

「おう」

女性冒険者の掛け声に続いて壮年の男性も馬車から飛び下りた。

その間にも二発目、三発目の火球が石造りの小屋へと着弾する。火球が直撃した石造りの小屋は破壊され、そこから五、六人の薄汚れた男たちが慌てたように飛び出してくる。

その姿を見て御者が言う。

「当たりだ！　盗賊だな、ありゃ。しかも食い詰めた農民や流民の類いだ」

飛び出してきた盗賊たちの装備の貧相さに御者や乗客たちの勢いが増す。

「これは俺たちがでなくても楽勝なんじゃないか？」

「俺は兄ちゃんが貸してくれた魔法の剣を使ってみたいから参戦するぜ。ここで活躍すれば辺境伯の目に留まるかも知れないからな」

「なんだ、仕官狙いか？」

「あわよくば、って程度だよ」

男は本気で仕官を考えているわけじゃないと笑う。

御者が馬車を止めると乗客たちが次々に下り、俺も彼らに続いて馬車から下りる。

戦闘は開始早々一方的な展開を見せていた。

火魔法の火球による炙り出し。

飛び出してきた盗賊たちを魔術師や魔法の武器による攻撃魔法での遠隔攻撃。

盗賊側に魔法が使える者はいないようで、遠隔攻撃に対する応戦は弓矢による攻撃だけだった。

そのほとんどが既に逃げる態勢に入っている。

盗賊たちの勝機は待ち伏せによる不意打ちだけだった。それが失われたいま、逃げるのが上策なのだろう。

「逃がすな！　逃がせば他の馬車隊が狙われるぞ！」

辺境伯側の護衛の声が戦いの場に響く。

非情なようだが、その言葉は正しかった。

俺も自分にできることをしよう。

逃げる盗賊を狙い撃てればそれに越したことはないのだろうが、そこまで弓の腕に自信はない。仮に命中精度向上の魔法を付与できたとしても、距離もあるし当たるかは怪しいものだ。

眼前で繰り広げられている戦いのなかで、火球による範囲攻撃の有用性を実感した俺は錬金工房内にある矢に火魔法の爆裂を付与する。

狙いは逃走する敵のさらに向こう側。距離五百メートルの岩場。

周囲で一方的な戦闘が繰り広げられるなか、俺は飛距離向上と威力向上の魔法を付与した弓を引き絞る。俺の手を離れた矢は五百メートルの距離を一気に飛び、地面に突き刺さると同時に爆発を引き起こした。

逃げようとしていた盗賊たちの足が止まる。

続けざまに錬金工房のなかで矢に爆裂の魔法を付与し、それを盗賊たちの背後へ立て続けに撃ち込む。

すると盗賊たちの動きが目に見えて変わった。

これまでは身を隠せそうな岩場に向かっていた盗賊たちだったが、四方八方へと蜘蛛の子を散らすように走りだした。

もう少し距離を伸ばすか。

俺は散り散りに逃げ惑う盗賊たちの行く手へと、爆裂の魔法を付与した矢を次々と打ち込む。行く手を阻む爆発に逃げ惑う盗賊たちがパニックに陥る。

そしてパニックになった盗賊たちを矢と魔法による遠距離攻撃が襲う。

僅かに打ち漏らした者も護衛の騎士と冒険者たちにより討ち取られていく。

「決まったな」

御者の言葉通り大勢は決した。

弓を射るのを止めて辺りを見回すと、周囲の人たちも戦いの手を止めて俺のことを見ていた。

「お兄さん……、あんた、豪腕だったんだね……」

「兄さんみたいな射手、見たことないぞ……」

女性冒険者と壮年の男性が目を見開いてそう口にした。

他の人たちも口にこそ出していないが同じような事を思っていたようで、二人の言葉に頷く仕種がチラホラと見えた。

「自己回復のスキルがあるので、弓を連射しても大丈夫なんですよ」

弓の連射に驚かれているのだろうと、あれこれ質問される前にスキルのことをざっくりと説明した。

「いや、そうじゃなくってさ……。その弓、相当な強弓だろ……?」

「そんなことはありませんよ」

魔法が付与してあることを伝えようとする矢先、女性冒険者が弓を貸してくれと手を伸ばした。

言われるがままに渡すと、彼女が俺の弓を引くが半分も引き絞れなかった。

彼女の顔が強ばる。

「力が強いだろうってのはなんとなくわかっていたけど、これほどの弓を容易く引けるとはね……」

「俺にも引かせてくれ」

壮年の男性が彼女から受け取った弓を引く。

やはり半分も引き絞れずに顔色が変わる。

それを見ていた周囲が響めく。

「兄さん、見かけによらず凄い腕力をしているんだな。それとも、そういうスキルを持っているのか？」

「いえ、力が強くなるようなスキルは持っていません」

工房での六年間の下積みとイジメで力仕事ばかりさせられていたのを思いだす。他の弟子たちが二人がかりで運ぶような荷物も一人で運ぶのなんて日常茶飯事だった。

「いや、スキルについて聞いたことは忘れてくれ」

壮年の男性が弓を返しながら、迂闊にスキルについて触れたことを謝罪した。

「いいえ、大丈夫です」

「お兄さん、本気で冒険者をやってみない？　その弓の腕とアイテムボックスがあれば引く手数多だよ」

冒険者の女性が真剣な顔で言った。

魔物や盗賊と戦うのはやはり怖い。何よりも命中精度の方はからっきしだ。

俺はそれを正直に話した。すると冒険者の女性だけでなく周囲にいた乗客や御者までもが笑いだした。

戸惑う俺に女性冒険者がひらひらと手を振る。

「そうか、怖いか。そうだよね。冒険者のことは忘れてよ」

「でもまあ、商人でも魔物や盗賊と戦うことはあるから少しは戦い慣れをしておいた方がいいぞ」

壮年の男性が力強く肩を叩いた。


盗賊の数は二十四人と数こそ多かったが、攻撃魔法が使える者どころか武芸の経験がある者すらいなかった。加えて装備は貧弱で、不意打ちに全てを賭けるような切羽詰まった者たちである。

護衛隊の攻撃魔法と、魔法が付与された魔法の武器による攻撃を主体とした遠距離からの一方的な攻撃により、盗賊たちの戦意は開始早々失われたようだ。

退路を断たれてから降伏までそう時間はかからなかった。

盗賊たちの死者は六人、重傷者四人。重傷者を治療できるだけの高度な光魔法が使える魔術師がいなかったため、重傷者は全てその場で斬首となった。

捕らえられた十四人は、国境の町ミュールでブリューネ王国の国境騎士団に引き渡すことになる。盗賊は重犯罪なので奴隷の身分から解放されることはない。彼らに待っているのは犯罪奴隷としての人生だけである。

なんとも無情な気がしたが、周囲を見回した限りそんな感情を抱いていたのは——、いや、そんな感情を表に出している者は一人もいなかった。

翻《ひるがえ》って、盗賊たちを捕らえた護衛と協力した乗客たちは、盗賊たちを引き渡した報奨金と彼らの所持していた武器と防具、金品の類いを手にすることができる。

しかも、俺の取り分が最も多いという。

馬車隊の隊長からその話を聞かされたとき、即座に報奨金の受け取りを辞退しようとしたのだが、それを口にする直前に馬車で一緒だった壮年の男性に止められた。

そしてその場は隊長に言われるがまま承諾の返事をしたのだった。

隊長が去った後での壮年の男性との会話を思いだす。

「兄さんは自分の力を過小評価しすぎだ」

「ですが、本当に大した働きをしていません。ただ、魔法が付与されている武器を貸し出しただけですし、弓にしたって普通よりも少しだけ力が強かっただけですから……」

「今回の戦闘で大した働きをしてないと言うのは、一緒に戦闘に参加した人たちのことも大した働きをしていないと言っているのと同じことになるんだぞ」

「そんなつもりはありません。むしろ皆さんは頑張っていたと思います」

「それを止めろと言っているんだ。あまり度が過ぎると周りから反感を買うことになる。そんなことを繰り返せばたちまち周りは敵だらけだ」

その瞬間、自分に優しくしてくれた人たちに嫌われるかも知れないと恐怖した。目の前の壮年の男性、女性冒険者、同じ馬車に乗り合わせた人たちだけでなく、護衛の人たちや一緒に旅をしてきた人たちのことが思い浮かぶ。

するとそれ以上自分を否定する言葉が出てこなくなった。

「おっしゃる通りだと思います。ご忠告ありがとうございます」

「いまはそれでいい。素直なのが一番だ」

壮年の男性はそう言って微笑んだ。

そして周囲に人気がないことを改めて確認すると再び口を開く。

「兄さんのアイテムボックス……、あれ、普通じゃないだろ？」

「え？」

心臓が飛び出すのではないかと思うくらい驚いた。

壮年の男性が俺の顔を見て安心したように言う。

「良かった。一応、普通じゃないってことはわかっていたんだな」

「自分以外のアイテムボックス持ちを見たことが一度しかないので、その人と少し違うなってことくらいしかわかっていません」

素直に白状した。

「俺も自分でアイテムボックスを持っているわけじゃないから詳しくはわからないが、それでも軍隊で十人以上のアイテムボックス持ちを見てきた」

その全員がアイテムボックスを発動する場所に視線と意識を集中し魔力を注ぎ込んでいた、と壮年の男性が言った。

それは収納するときも取り出すときも一緒だったそうだ。

壮年の男が顔を強ばらせて言う。

「収納するときは一つずつ手に触れて収納していた。百本の剣を収納するときは剣を詰めた箱に手を触れて収納していた。取り出すときも手に触れた状態で出現した。俺が知る限りだが、ほとんどのアイテムボックス持ちがそうだった」

「一つずつ手に触れた状態で取りだすのが普通なんですね」

「普通かどうか知らないが、俺の知っているアイテムボックス持ちの大半はそうだったってことさ」

壮年の男性はそこで一旦言葉を切って再び話し出す。

「凄い連中になると手を近くに持っていくだけで収納していたし、取り出すときも手に触れた状態じゃなかった。それでも二十本もの剣を一度に取り出すようなことはなかったな」

俺のやったこととは明らかに違う。

俺は二十本の剣を一度に取り出して馬車のなかに並べた。収納するときも触れることなく一度に収納をしている。

壮年の男性もそのことについて触れたが、一拍置いて別のことに触れる。

「だがな、一番驚いたのはアイテムボックスから矢を次々と取り出して射続けたことだ」

視線と意識を標的に固定したまま、まるで勝手に引き手のなかに矢が生まれるかのように次々と矢を取り出していたように見えたと言った。

黙り込んでいる俺に壮年の男性が優しく言う。

「熟練者ともなれば視線や意識を集中しなくても大丈夫なのかも知れないが、兄さんは熟練者と言うには若すぎる」

何か別物のスキルに思えたのだと語る。

これまでのことを振り返っても、眼前の男性は本気で俺のことを心配してくれているのだと思う。

それでも真実を告げるのはリスクが高すぎた。

「俺のアイテムボックスは昔からこんな感じです。比較する相手も一人しかいないのでそれ以上のことはわかりません。でも、これからは注意することにします」

「そうだな。余計なことを言ってすまなかったな」

気を悪くしないでくれ、と陽気な笑顔を浮かべた。しかし、それもいま思い返せばどこか寂しそうだったような気もする……。

そんなことを思い出していると馬車の外が騒がしくなった。耳を傾けると国境の町が近付いてきたことを知らせる声が響いてくる。

そろそろ国境か。

俺はここまでにわかった自分の能力について整理をしてみることにした。

スキルの前に身体能力の高さ。

腕力や脚力――、基本的な身体能力が他の人たちより随分と優れているようだ。これはスキルとは別に今後も俺にとって大きな武器となるだろう。

続いて祝福の儀式で授かった三つのスキル。

一つ目は認識阻害。

この能力は命を落としかけたあのときに無意識に発動させたのだろう。暗殺者の目を逃れたのがこの認識阻害のスキルによるものだったのかどうか、いまとなってはわからない。

落ち着いたら検証するとしよう。

二つ目は自己回復。

暗殺者により瀕死の重傷を負わされながらも一命を取り留めたのは、このスキルのお陰で間違いないだろう。旅に出るまではその価値に気付かなかったが怪我を容易く治し、疲れ知らずの身体というのは実に素晴らしい。

改めて思い返せば、錬金術師にこだわるあまり、周りが見えていなかったのだとわかる。

三つ目は錬金工房。

アイテムボックスは収納するときに対象物に触れないとならないが、俺の錬金工房は触れないでも収納できるどころか、対象物が十メートル離れていても収納できる。取り出しも同様にアイテムボックスでは手に触れた状態で取り出されるが、錬金工房は収納と同様に十メートルの範囲なら自在に取り出せる。

錬金工房のなかであれば、鑑定ができて錬金術が使える。

さらにレベルが2に上がったことで、錬金工房のなかであれば土・水・火・風の属性魔法を付与することまでできるようになった。

俺の想像通りなら錬金工房は、アイテムボックス、鑑定、錬金術、土・水・火・風の四属性の付与術が可能な複合スキルということになる。スキルは一人で最大三つまでしか授からないことを考えると、俺の錬金工房は一体何人分の能力になることだろう。

それを考えただけでも興奮してくる。

しかもそれだけではない。

もしかしたらレベルが上がることでさらに能力が追加されるかも知れない……。その考えが浮かんだ瞬間、心臓の鼓動がさらに速くなった。

「当面のやることが決まった……！」

錬金工房のレベルアップの方法を模索しながら熟練度を上げよう。

幸い、母の故郷であるシェラーン王国の国境付近では開拓村が幾つもあるらしい。開拓村の一つに潜り込んで錬金工房で生計を立てよう。そして力を付けたら……、故郷であるリント市に戻って叔母と義叔父に復讐する！

朧げながら進むべき道筋が見えたことで、自分のなかのモチベーションが上がるのがわかる。

俺はまだ見ぬ開拓村に胸を高鳴らせていた。

FAULTY SKILL

第5話

暗殺者

ALCHEMY WORKSHOP

ブリューネ王国の一地方であるブラント領。

その領都であるリント市の中心部にこの地方を治めるブラント子爵の屋敷があった。

深夜、屋敷の門を黒ずくめの男性が潜《くぐ》る。

「どちら様でしょうか?」

老年のメイドが長身の訪問者をうさんくさそうな目で見上げる。すると、そこにはまさに眉目秀麗という言葉が当てはまるような端正な顔立ちの青年がいた。

青年は左手に握った銀色のペンダントをメイドの目の前にかざす。それはブラント子爵家が特別な者に対してだけ渡しているものだった。

「ネイサン・ケレットだ」

青年が自分の名を告げてから数分後、彼は屋敷の執務室へと通されていた。

執務机の向こうには四十代半ばとは思えないほど若く美しい女性が、豪奢な椅子に悠然と座っている。

ブラント子爵家の現当主であるダニエラ・ブラント子爵である。

彼女の傍らには夫であるトーマス・ブラントが立っていた。

ネイサンは正面の女性に向かって恭しく挨拶をする。

「お初にお目にかかります、ご領主様。ネイサン・ケレットと申します」

「よく来た」

ネイサンに声を掛けたのはトーマスだった。

トーマスはネイサンにソファーへ座るよううながし、自らも彼の正面へと座る。

ブラント子爵が執務机の向こうから語りかける。

「実績も十分な凄腕だと聞いていたけど、想像していたよりもずっと若いわ。それにとても……、いえ、随分と礼儀正しいのね」

ダニエラは「とても美しい顔をしているのね」と口に出しそうになったが、直前で言葉を改めた。

ネイサンもダニエラが自分の容姿に見惚れているのを十分に理解しながらも、気付かぬ振りで受け答えをする。

「恐れ入ります。職業柄貴族の方々と接することも多いので最低限のマナーは身に着けているつもりです」

直後、付け焼き刃なので至らぬところはご寛容いただきたくお願い申し上げます、と澄ました顔でそう付け加えた。

「謙虚なところも好ましいわね」

「恐縮です」

妖しく微笑むダニエラにネイサンが無表情で答えた。

無表情な整った顔立ちをダニエラが黙って見つめていると、彼女の夫であるトーマスが不機嫌そうに話を切りだす。

「貴殿に頼みたいのは我々の甥であるルドルフ・ブラントの暗殺だ」

ルドルフの似顔絵をローテーブルの上に置いた。

その似顔絵を見た瞬間、ネイサンの脳裏に八年前の失敗が蘇る。成長し、凜々しい顔つきをしていたがあのとき仕留め損ねた少年の面影があった。

血の繋がりがあるだけに、現領主であるダニエラ・ブラントをどこか連想させるような整った顔立ちをしている。

ただ、雰囲気は違った。

気の強そうな印象を与えるダニエラに対して、その似顔絵からはどこか気弱そうな印象を受けた。

そして明らかな違いは髪と瞳の色である。

ダニエラは燃えるような赤毛とコバルトブルーの瞳。それは代々続くブラント家の血筋の特徴でもあった。対してルドルフは白銀の髪と琥珀の瞳をしている。

琥珀の瞳は一般的だが白銀の髪は数が少ない上に目立つ。探しだすのは容易そうだ、ネイサンは似顔絵を見ながらそんなことを考えていた。

似顔絵を見つめるネイサンに向けて、トーマスが意地悪そうな笑みを浮かべて言う。

「六年前に貴殿の師匠が暗殺し損ねた少年の成長した姿だよ」

その言葉にネイサンの表情が一瞬強ばるが、直ぐに平静を取り戻して言う。

「ちょうどその日に授かったスキルで助かったそうですね。確か、自己回復という希少なスキルの持ち主だと聞いております」

八年前の前ブラント子爵夫妻の暗殺。それは彼の師匠が単独で行《おこな》ったものとされていた。ネイサン自身、夫妻の暗殺に関わったことは伏せている。

「理由はどうあれ、お陰で六年間も待つことになったよ」

「トーマス、それくらいにしなさい。まさか祝福の儀式でそんなスキルを授かるなんて誰も想像していなかったのだから、しかたがないでしょう」

「恐れ入ります、ご当主様。師の汚点は私が必ずや雪《そそ》いでご覧にいれます」

「頼もしいわね。言葉の端々から自信がうかがえるわ」

とダニエラ。

そんなダニエラを横目にトーマスが一枚の手鏡をローテーブルの上に置く。

「これがルドルフの居場所を突き止める魔道具だ」

「鏡、ですか？」

「この鏡と対になる短剣――、追跡の短剣をルドルフが持っている」

トーマスは、ルドルフが持っている短剣と鏡との距離が百キロメートル以内になると、鏡を中心に短剣のある方角と距離が鏡に光点として映し出されることを告げた。

「この魔道具をお前に貸してやろう」

「ありがとうございます。この魔道具があればターゲットを探し出す時間と手間が省けます」

トーマスの横柄なもの言いにも顔色一つ変えずに感謝の言葉を述べると、ネイサンは手鏡と似顔絵を受け取った。

FAULTY SKILL

第6話

開拓村へ

ALCHEMY WORKSHOP

ブリューネ王国とシェラーン王国との国境にあるミュールの町に到着したのは二週間前。

翌日には国境を越えてシェラーン王国側へと入った。

シェラーン王国側の国境の町はコビス。

コビスの町はミュールとの交易で発展してきた町だったが、国境沿いに開拓村が幾つも造られたことで、そこへの食料や物資の供給拠点として更なる賑わいを見せていた。

マクスウェル辺境伯一行の馬車隊はコビスの町で俺の乗り込んだ馬車隊と別れると、マクスウェル領の領都であるカーティス市へ向かった。一方、俺が乗り込んだ馬車隊は、コビスの町から馬車で十日ほど進んだところにあるマッシュ村と呼ばれる開拓村に到着しようとしていた。

開拓村に向かう馬車は五台。

二台は人が乗り込み、残りの三台には食料や物資が積まれていた。

「クラッセンさん、あの森を街道沿いに回り込むと開拓村が見えてきますよ」

俺の隣に座っていた男性が前方右側に広がる森を指さしながら、あと二時間あまりで目的の開拓村に到着すると説明をしてくれた。

彼の名前はジェシー・リード。俺と同じ十八歳の若者である。同年代と言うこともあってミュールの町から開拓村までの道中、比較的会話をすることが多かった一人だ。

彼は神聖教会の神官で開拓村へ教会を設立するために入植したのだという。

しかし現実は厳しく、入植してなんとか雨露をしのげる小屋を建てたところで、物資調達の役割を引き受けたと言う。本人は「引き受けた」と言っているが、同行している開拓村の村人たちの口ぶりでは若く体力があるからと押しつけられたようだ。

彼が頼まれると断れない性格なのはこの十日余の間で容易に知ることができた。

「クラッセンさんが到着したら開拓村の人たちは大喜びですよ」

ジェシーがそう言うと物資調達に同行した者たちも彼の意見に同意する。

「錬金術師がいない村だから本当に助かるよ」

「なんだかあてにしているようで申し訳ないな」

開拓村に錬金術師として入植するのだから、あてにされるのは承知の上である。

俺としても頼られるのは嬉しい。

「皆さんの役に立てたら俺も嬉しいです」

自分の気持ちを素直に伝えるとジェシーが人懐っこい笑みを浮かべる。

「クラッセンさんほどの優秀な錬金術師なら活躍する場は幾らだってありますよ」

国境を越えてからは自分が錬金術師であることを隠すのをやめた。

錬金術師の地位は比較的高い。

素材さえあれば、あらゆるものを創り出せるのが錬金術師である。鍛冶師が作る金属製の武器や道具、裁縫師が作る革製品、薬師が作るあらゆる薬品を熟練の技術ではなく熟練の魔法で創り出す。

錬金術師はいわばあらゆる職人たち――、薬師、鍛冶師、裁縫職人、木工職人などの上位に位置する職業なのだから、地位が高くなるのは当然であった。

それが辺境の地となれば尚更である。

そしてその錬金術師としての腕前も、この十日余の間に格段に上達しているのを自分でも実感していた。俺の知っている錬金術師と比べても創造する速度は五倍以上、一度に作り出す量も三倍ではきかなかった。そして、その能力は日に日に伸びている。

錬金術師の工房で六年間修行しているからこそ、その凄さがわかる。端的に言って桁外れに優秀な錬金術師である。

しかし、その基《もと》となっているのは俺自身の錬金術師としての技量ではなく、錬金工房というスキルだった。さらに、俺自身の魔力量の多さと自己回復スキルによる魔力回復がそれに拍車を掛けている。

錬金工房と自己回復。

この十日間余、この二つのスキルの有用性を実感していた。

ジェシーたちとたわいない話をしていると、突然馬の嘶《いなな》きが響き、俺たちの乗っていた馬車が大きく揺れる。

馬車を牽《ひ》く馬が嘶きを上げて後ろ足で立ち上がっていた。

「危ないだろうが！」

御者の怒鳴り声が響く。

彼の視線の先を見ると十代半ばほどの三人の少年が馬車の先に転がっていた。

少年たちがこちらを見て驚いた顔をする。

「馬車？」

「まだ、仲間が森のなかにいます！」

「助けてください！」

飛び出してきた少年たちが自分たちの飛び出してきた森と馬車とを見比べて顔を引きつらせていた。

「どうしたんだ？　何があった？」

御者の声に緊張がうかがえる。

俺自身も飛び出してきた若者たちが魔物にでも追われていたのかと想像して、彼らの言葉に耳を傾けた。

「アーマードベアです！　アーマードベアがでました！」

少年の言葉に馬車に同乗していた大人たちが顔を強ばらせた。

アーマードベアは熊に似た大型の魔物で、強靭な体躯と力、堅固な外皮に覆われているのが特徴の魔物だ。ハッキリ言って駆け出しの冒険者にどうこうできるような魔物ではなかった。

「クラッセンさん、行けるか？」

御者が即座に俺を振り返った。

乗り合わせた乗客たちの視線も俺に注がれている。

ここまでの道中、肉を得るために何度か森へ入り、その過程で魔物にも遭遇していた。

魔物と言ってもそのほとんどがゴブリンやコボルドといった、低ランク冒険者どころか村人でも狩れそうな魔物ばかりなのだが。

それでも弓矢と腕輪に付与された攻撃魔法で俺が最も多くの魔物を仕留めていた。

当然のように期待が寄せられる。

見方によっては良いようにも使われているとも取れそうだが、それでも他者から期待されるのは悪い気がしない。

「大丈夫です。行けます」

俺は言葉とともに馬車を飛び下りた。

索敵の指輪を使ってアーマードベアの位置を確認するまでもなく、街道から視認できる距離まで迫っていた。

距離、約三百メートル。

その手前、二百メートルのところに少年と少女。逃げ遅れた二人が必死の形相で駆けてくるのが見えた。

「そのままこちらへ向かって走れ！」

俺は二人に声をかけながら、錬金工房のなかから魔法が付与されている弓と矢を取り出す。弓には飛距離向上と威力向上が付与され、矢には命中精度向上と火魔法の爆裂が付与されている。

我ながらあり得ない付与だと思う。

通常、矢に付与できる魔法は一つだけだ。

「走れ！　もっと速く走れ！」

「こっちだ、早く！」

森から飛び出してきた少年たちが、アーマードベアに追われている仲間に向けて必死に声をかける。

馬車の乗客たちも緊張した面持ちでこちらを見ていた。

弓に矢をつがえて引き絞る。

距離、二百メートル。

逃げる少年と少女の顔が引きつる。

アーマードベアの速度が上がった瞬間、俺の手を離れた矢がその頭部に突き刺さった。

「ゴアー！」

「キャー！」

続く爆発音がアーマードベアの断末魔の咆哮と少女の悲鳴をかき消した。

突進して来たアーマードベアは頭部の上半分を失って、勢いそのままに地面を転がって大きく跳ねる。

「やった！　さすがクラッセンさんだ！」

「アーマードベアの頭部が半分吹き飛んでいるぞ！」

乗客たちの歓声に続いて、少年たちの驚きと戸惑いの声が耳に届く。

「スゲー……」

「いまの、魔法……？」

「たった一本の矢で、仕留めた……」

頭部の半分を失ったアーマードベアを呆然と見ていた少年たちの視線が俺へと向けられる。

逃げ遅れた少年と少女が街道にたどり着くと、後ろを振り返ることなくその場にへたり込んだ。馬車のなかの人たちの歓声が止まぬなか、アーマードベアに追われていた彼ら五人は声を上げることも

なくただ俺を見ていた。

直前までアーマードベアの脅威にさらされていた少年と少女。二人は未だ放心しているのか地面に転がったままの姿勢でこちらを見つめていた。

改めて見ると街道で呆然としている三人の少年たちよりも幼く見える。

「二人とも怪我はないかい？」

「あの……、ありがとう、ございます」

「助かりました……。ありがとうございます」

少年と少女はお礼の言葉を口にすると、安堵したのか二人とも涙を溢れさせた。

まいった。

怪我の有無を知りたかったのだが、とてもじゃないが身体の状態を聞き出せるような雰囲気ではない。

俺はジェシーに視線で助けを求める。

「ブライアン、ネリー、二人とも怪我はありませんか？」

「かすり傷だから大丈夫です」

ブライアンが即答し、ネリーも嗚咽しながら表情と仕種で大きな怪我のないことを伝えた。

ジェシーは二人の反応に安堵すると先に街道へ飛び出してきた三人に視線を向ける。

「詳しい話は後で聞くとして、いまは全員の無事を神に感謝しましょう」

そう言って胸の辺りで両手を組む。

その間、三人の少年たちの視線は俺にクギ付けだった。

ジェシーが祈りを終えると少年の一人がチラチラと俺を見ながら聞く。

「ジェシーさん、そちらの人は？」

「新しく入植するルー・クラッセンさんです」

良くお礼を言っておきなさいよ、と付け加えると三人が一斉にお礼の言葉を口にした。

「ルー・クラッセンだ。よろしく頼む」

「クラッセンさんは冒険者の方ですか？」

街道に転がり出てきた少年の一人が期待で目を輝かせる。

この年頃の少年たちなら冒険者に憧れる者も多い。まして周囲に魔物が出没するような辺境の地域なら、脅威となる魔物を排除する力の象徴である騎士や冒険者への憧れは強いだろう。

「開拓村で冒険者をやって貰えると助かります」

「いま、開拓村で冒険者をやっているのって俺たちだけなんです。クラッセンさんがパーティーのリーダーをやってくれませんか？」

三人の少年に続いていつの間にか俺の後ろに立っていたネリーとブライアンも続く。

「アーマードベアを一撃で倒せる大人なんて初めて見ました！」

「さっきの矢、あれは魔法が付与されている矢ですよね？」

どこか既視感のあるセリフだな。

俺は内心で苦笑しながら、馬車のなかからこのやり取りを楽しそうに眺めている同乗者たちをチラリと見た。何人かは気付いたようでバツの悪そうな顔をしたが、ほとんどの者は自分たちが同じような質問をしたことを忘れているようだ。

「残念ながら冒険者じゃないんだ」

五人が一斉に驚きの声を上げた。

「え？　もったいない」

「アーマードベアを一撃で倒せるんですから冒険者をやりましょうよ」

少年たちが冒険者でないことを惜しむなか、ネリーが恐る恐る聞く。

「クラッセンさんはどんな職業なんですか？」

「錬金術師だ」

少年たちは放心したようにポカンと口を開けたまま俺を見つめる。

この反応も同乗者たちと一緒だ。

あのときは聞こえなかったのかと思ってもう一度「錬金術師」だと繰り返したなあ……。

「喜びなさい。村で初めての錬金術師ですよ」

俺の代わりに繰り返したのはジェシーだった。

真っ先に反応したのはネリー。

「村で初めてとかじゃありませんよ、ジェシーさん。近隣の開拓村にも錬金術師なんて一人もいないじゃないですか！」

それは初耳だ。

しかし、よく考えてみれば腕の良い錬金術師なら貴族が取り込もうとするだろう。それなりの腕でも大都市で十分にやっていける。辺境の開拓村に流れてくる錬金術師って、冷静になって考えれば腕が悪いか、何かしらの訳ありの可能性が大きい。

と言うか、自分を振り返れば後者なのだと改めて自覚する。

気付くと少年たちの瞳に再び憧憬《しょうけい》の念が宿っていた。

「錬金術師だって……！」

「俺、錬金術師なんて初めて見ました！」

「俺もです」

「さっきの爆発する矢も錬金術で作ったんですか？」

錬金術師と付与術士を混同しているな。

旅に出て初めてわかったのだが、一般の人たちの多くが錬金術師と付与術師を混同していた。

俺は誤解を訂正することなく話を進める。

「錬金術師といっても、ようやく一人前になった駆け出しだから大きな期待はしないでくれよ」

「錬金術師なのになんであんなに強いんですか？」

「矢！　あの矢は錬金術で作った魔法が付与された矢ですよね？」

話を打ち切って馬車に戻るつもりだったが、放してくれそうにない。

ジェシーや同乗者たちも面白そうに見ている。彼らの好奇心を満たさないとここから動けそうにない、と悟った俺は彼らの質問に答えることにした。

馬車隊が村に到着すると村人たちから歓声をもって迎えられた。

コビスの町から運んできた物資を馬車から降ろす傍ら、今回新たにこの開拓村に入植する者たちが村長に紹介される。

「私がこの開拓村の村長をしているマッシュです」

三十代半ばの筋骨逞《たくま》しい青年である。

なるほど、この開拓村が通称マッシュ村と呼ばれている理由は村長の名前からだったのか。

俺は変なことに感心しながら握手を交わす。

「ルー・クラッセンです。錬金術師をしています」

「錬金術師ですか！」

マッシュさんが驚きの声を上げた。

しかし、直ぐに訝しむような視線となる。

まあ、そうなるよな。

「ブリューネ王国から来ました。少々複雑な家庭の事情がありまして、半ば家出のようなものです」

「開拓村ですから人に言えない事情を抱えた人たちもいます。ここには詮索をするような人はいませんよ」

他の人たちに聞こえないようにささやくとマッシュさんもささやき返した。

今回、新しく入植するのは俺を含めて五人。他の四人は幼い二人の子どもを持つ夫婦で、夫は身体強化のスキルを持っており、妻は土魔法が使えると聞いていた。

互いのスキルを使って農地を切り拓くのだという。

「皆さんを歓迎します」

マッシュさんが笑顔で言った。

そこへ物資の搬入を指揮していたジェシーが人懐っこい笑みを浮かべてこちらへと歩いてきた。

後ろには助けた五人の少年と少女。

ジェシーがにこやかに言う。

「クラッセンさん。物資も降ろし終わりましたし、皆が見ているところで出しましょうか」

「皆が見ているところで、出す？」

不思議そうに聞き返したマッシュさんが俺を見た。

ジェシーの後ろにいる少年たちも期待の視線をこちらに向けている。

改めて周囲を見回すと、同乗してきた人たちも遠巻きにこちらを見ていた。

やれやれ……。

いたずらに加担するようであまり乗り気はしないが、やると約束した以上、いまさら後には引けないか……。

「じゃあ、この辺りにお願いします」

ジェシーの示す場所――、マッシュさんの直ぐ隣に頭の半分を吹き飛ばしたアーマードベアを出現させる。

「な！」

驚いたマッシュさんが反射的に後方へ飛び退った。

「このアーマードベアはクラッセンさんが一撃で倒したんだぜ！」

少年の一人が驚く村人たちに向けて言い放つと二人の少年たちもそれに続く。

「魔法を付与した矢で頭を吹き飛ばしたんだ！」

「弓の腕も一流なんだからな！」

何が起きたのかわからずにただ驚いていた村人たちだったが、少年たちの言葉と突然出現したアーマードベアの死体が繋がると彼らの間に響《どよ》めきが広がる。

「アーマードベアを一撃で仕留めただって？　本当か？」

「実際にあそこに転がっているんだぞ」

「これは頼もしい若者が来たものだな」

「あれって……、もしかしてアイテムボックスか？」

村人のその言葉を待っていたかのように、同乗してきた村人たちが声高に言う。

「クラッセンさんはアイテムボックス持ちなんだ！」

「馬車三台分の物資と食料がそっくり入るだけの容量だぜ！」

周囲の人たちの視線が再び俺に向けられた。

期待と値踏みがない交ぜとなった視線のなか、追い打ちをかける形で三匹のワイルドボアと七匹のフォレストウルフをアーマードベアの傍らに出現させる。

「続いて、ワイルドボアとフォレストウルフです」

マッシュさんが絞りだすように言う。

「少々、いたずらが過ぎるな……」

「申し訳ありません」

「悪いのはクラッセンさんじゃありませんよ」

ジェシーが割って入るとマッシュさんが彼を睨み付ける。

「ジェシー、お前か……」

「私というか、私たちですね」

ジェシーが馬車に同乗してきた村人たちを見回す。

「マッシュ、怒らんでくれ」

年配の男性が進み出ると、

「別に怒ってなんかいませんよ。ちょっと驚いただけです」

マッシュさんがどういうことなのかと聞いた。

「クラッセンさんのアイテムボックスがあまりにも凄かったんで皆にも驚いて貰おうと思っただけなんだよ」

実は彼らもコビスの町を出て直ぐ、俺のアイテムボックスに驚いていた。

自分たちだけが驚くのでは面白くない、と村に着いたら村人の目の前でアイテムボックスから大量の物資や食料を取り出そう、ということになった。そこへ先ほどのアーマードベアが転がり込んできたことで、取り出すものが物資や食料からアーマードベアやワイルドボアなどの魔物へと替わったのだ。

「娯楽の少ない辺境なんですから、たまにはこういうのも良いでしょう？」

「娯楽か……。次からいたずらをするときは事前に教えてくれ」

人懐っこい笑みを浮かべるジェシーにマッシュさんが深いため息を吐いた。

マッシュさんと同じように驚かされた村人たちだったが、誰もがジェシーと一緒になって笑っている。

マッシュさんか……、苦労してそうだな。

俺は改めてマッシュさんに挨拶をする。

「アイテムボックスを持った錬金術師です。皆さんのお役に立てればと思っています」

「この村にアイテムボックスを持っている者はいないので色々とお願いすると思います。こちらこそよろしくお願いいたします」

再び握手を交わした。

到着したのが昼前と言うこともあり、作業の手を止めて集まれる人たちだけだったが村人たちと簡単な顔合わせをした。夕食は歓迎会を開いてくれると言うことで、そこで残る村人たちと顔合わせとなる。

当面の寝泊まりは入植者用に用意された小屋。

しかし、いつまでもそこに寝泊まりするわけにはいかないので、できるだけ自分の住むところを決めて家を建てるように言われた。

俺と一緒に入植した家族は昼食を終えた後で、再び村長であるマッシュさんの自宅を訪れた。

四人家族は農地開拓を希望している。

開拓村とはいっても好き勝手に農地を開拓できるわけではない。

村全体で話し合いをしてからの開拓となる。

そのため、一緒にきた四人家族は村長であるマッシュさんと一緒に村を見て回りながら開拓地の相談をすることになり、工房の敷地程度しか必要としない俺はジェシーに開拓村を案内してもらうことになった。

俺は案内をしてくれているジェシーに聞く。

「失礼かもしれないけど、まともな建物が一つもないように見えるのは気のせいか？」

「気のせいじゃありませんよ。この村には大工がいないんです」

さらりと衝撃の事実を告げられた。

「よく知らないいんだけど、大工のいない開拓村って一般的なのかな？」

「一般的なのかどうかは私も知りません。少なくともこの近隣に四つの開拓村がありますが、どこも大工が入植したという噂は聞きませんね」

「農民や狩人と一緒に、大工も優先して送り込むものだと思っていたよ」

開拓には衣食住のなかでも食と住が特に重要だと思っていた。この二つを確保するためにも狩人と大工が不可欠だし、定住するためには農業や牧畜を行う農民が必要となる。

極端な話、鍛冶師や裁縫師、薬師が作る品物は既にある町から買えば済むが、家だけはそういう訳にはいかない。

「理想はそうなのでしょうが、現実は厳しいです。開拓村はたくさんありますからね。どこも人材不足なんですよ」

この地方を治めるマクスウェル辺境伯が開拓に力を入れていることもあって、国境付近には二十を超える開拓村が点在する。治癒ができる医者や神官はもちろん、大工をはじめとした生産系のスキルを所持する人たちがどこも不足していた。

「ですが、この村は恵まれています。錬金術師と神官という、どこの開拓村も喉から手が出るほど欲している人材が揃ったんですからね」

噂が広がればここへの入植希望者も増えるだろうと人懐っこい笑みを浮かべた。

「噂ね……。そう言えばジェシーも一ヶ月くらい前にここへ来たんだっけ？」

「正式に神官になって直ぐにこちらへ来ました」

大工すらいない開拓村がほとんどだとしたら、俺とジェシーがいるのは間違いなくアドバンテージだ。しかも二人とも若く体力がある。

これから入植をしようという人たちにとって、これは大きな魅力だろう。

「気になっていたんだけど、どうして貴重な神官のジェシーがコビスの町まで物資の調達に行っていたんだ？」

たった一人の光魔法が使える神官を物資調達に出す理由がわからない。

「薬草の買い付けが必要だったからです。これぱかりは薬草の知識のない人には任せられませんから」

「もしかして創薬スキルも持っているのか？」

「光魔法と創薬スキルを。授かったときは重複していると落ち込みましたが、両方あると使い分けができて意外と便利ですよ」

いまでは感謝していると笑う。

「創薬か……」

「クラッセンさんは錬金術師なので薬も作れるんですよね？」

「白状すると薬はまだ数回しか作ったことがないんだ」

「もしかして、薬草の見分けも怪しいとか……？」

「それは大丈夫だ」

錬金工房のなかに取り込みさえすれば鑑定ができるので、間違った素材を使うようなことはない。

「それを聞いて安心しました」

「薬ってそんなに必要なのか？」

村の人の総数は、今回入植した五人を含めてようやく五十人を超える程度だと聞いていた。普段の治療は光魔法があるから、緊急時と森のなかに入る際に携帯する程度なら二人がかりで量産する必要もなさそうだが。

「近隣の開拓村から買いに来る人たちがいます」

「あ！　そういうことか」

「貴重な現金収入でもあるので、頑張って作りましょう。特に魔力回復ポーションは飛ぶように売れますよ」

魔法スキルを持った者は人数が少ない割に頼まれる仕事が多いので、どこでも自前の魔力だけでは足りない状態らしい。

「それ、大丈夫なのか？　過労死したりしないよな？」

「魔法のスキル持ちの地位は高いはずなので、無茶なことはさせられていないと思いますよ」

「もし無茶なことを要求されたら、俺は他の開拓村に逃げるからな」

「そのときは一緒に逃げましょう。錬金術師と神官の二人ならどこでも引く手数多ですよ」

ジェシーは笑いながら「もっとも逃げた先でも似たようなことになりかねませんけどね」と付け足した。

「それって領主に問題があるんじゃないのか？」

「マクスウェル辺境伯はご高齢で領内の視察は難しいですが、それでも他領の領主よりも信頼できますよ」

「いまは旦那様と共同統治しているのか？」

「旦那様も二年前に他界されています……」

初耳だった。

情報収集を怠ったことを後悔しながら聞く。

「それは……、寂しいだろうな……」

「ご長男は戦死し、次男と次女はどちらも毒殺されています。長女は隣国のブリューネ王国に駆け落ち同然で嫁いで絶縁状態でしたが、その方も盗賊に襲われて亡くなられたと聞いています」

現辺境伯には息子と娘が二人ずついたが全員が早世しており、いまは領主代行として五人の孫たちが各開拓村を分割する形で統治しているのだという。

「統治に差異が出るな」

「誰が後継者に相応しいかを試している、という噂もあります」

「領民としては迷惑極まりない話だな」

「それでも他の領地よりはよほどマシですよ」

ジェシーは自分が幼い頃に食い詰めて、両親とともに逃げるように他領から移民してきたことを語った。

「大変だったんだな……」

「昔のことです。私は明るい未来を夢想しながら生きるのが好きなので、この話はここまでにしましょう」


村を一通り案内された俺はジェシーと一緒に中央の広場へと差し掛かる。すると、前方から六人の村人がこちらへ向かってくるのが見えた。

その顔ぶれに気付いたジェシーが言う。

「クラッセンさんが助けたブライアンとネリー、その親御さんたちです」

「お礼を言いに来たのかな……？」

「でしょうね」

予想は的中した。

他の三人の少年たちの親からは、到着して直ぐの顔合わせで息子たちを助けたことへの感謝の言葉は貰っていた。

あのとき不在だった年少の二人の親御さんか……。

俺はこちらへと歩いてくる四人に意識を傾けた。

あれ？

見覚えがある……？

ネリーの手を引いている女性とその傍らにいる男性の顔に見覚えがある気がした。

向こうも驚いたように俺の顔を見ている。

ちょっと待てよ！

あの人はブラント家が雇っていた森の管理者じゃないか！

「どうしました？　顔色が悪いですよ」

呆然と彼らを見つめる俺にジェシーが聞いた。

「いや、なんでもない。大丈夫だ」

再びネリーの両親を見ると、明らかに向こうも気付いたようだ。ネリーは知らないとしても、二人は俺が前ブラント子爵家の長男だったことを知っている。

「ジェシー、すまないがネリーの両親と三人だけで話をしたい。協力をしてくれないか？」

「構いませんが……？」

理由を知りたい、と言った顔つきだ。

「事情は後で説明するから、とりあえずは三人で会話できる状況を作ってくれ」

「わかりました」

今夜はゆっくりと飲みながら話をしましょう、と言ってジェシーはブライアンとネリーたちに向かって歩き出した。

「ヴィムさん、デリアさん、お久しぶりです」

ジェシーが他の四人を引き留めて会話を始めてくれたお陰で、俺はヴィムさんとデリアさんの夫婦と三人で会話することができた。

「お久しぶりです、若様」

夫のヴィムさんに倣って、デリアさんも深々とお辞儀をして俺のことを「若様」と呼んだので慌てて止める。

「事情があっていまはルー・クラッセンと名乗っています」

「そうでしたか」

「そうですよね……」

歯切れの悪い受け答えに続いて二人が複雑な表情をした。

どうやら俺の実家のことをある程度知っているようである。

それでも念のため告げる。

「実家のことをどこまでご存じか知りませんが……、少々複雑な事情があり素性を隠しています。俺がブラント子爵家の血縁であることは、黙っておいて頂けませんでしょうか」

「承知致しました」

「もちろんでございます」

「それと、いまは平民なので畏まった態度を取らないで頂けると助かります」

「そう、ですよね。わかりました」

ヴィムさんがそう言った傍らでデリアさんも微笑んで頷く。

ジェシーと会話をしているネリーの方をチラリと見て、デリアさんが聞いた。

「娘には、ネリーにはクラッセンさんのことをどうお話ししましょう？」

「お嬢さんは俺のことを憶えていないようでしたが？」

昔の俺――、ルドルフ・ブラントといまの俺――、ルー・クラッセンとが繋がることを警戒して聞いた。

「ネリーは若様をお見かけしたことはないはずです」

俺はヴィムさんの言葉に安堵した。

しかし、口裏は合わせておいた方がいいだろう。

「ヴィムさんとデリアさんとは故郷であるブリューネ王国でお世話になったということにして頂けませんでしょうか？」

こちらの意図を理解した二人が即座に承諾の返事をした。

そしてヴィムさんが言う。

「どのような関係だったかだけでもこの場で話を作ってしまいましょう」

「そうですね。向こうもこちらが気になっているでしょうから、絶対に後で聞かれますよね」

俺は軽く笑って話を続ける。

「錬金術師としてブラント領に出向いたときにヴィムさんと一緒に仕事をした、というのでは如何でしょうか？」

「ブラント家との関わりは極力ないほうがよろしいのでは？」

「確かにそうですね……」

「ブラント家の森の管理人の傍ら猟師をしていました。クラッセンさんはそのときに猟師としての私と仕事をご一緒されたというのではどうでしょう？」

考え込む俺にヴィムさんが助け船を出してくれた。

「では、弓や矢の手入れについて私の師匠に相談に来たことにしましょう。そのときに私と会って、私に弓矢の使い方を教えてくれた恩人と言うことで如何でしょうか？」

とっさに組み立てた作り話なので、後で幾らでも取り繕えるよう、あまり細かなことは決めずにおくことにした。

二人が納得したところで俺はジェシーに向かって軽く手を振る。

すると、ネリーが真っ先に走ってきた。

「三人で何を話していたんですか？」

「偶然の再会を喜んでいたところだよ」

俺の返事にネリーが驚いて自分の両親を見た。

「え？　お父さんとお母さんとクラッセンさんが知り合いなの！」

「まあ、そうなるな」

視線を逸らすヴィムさんからデリアさんにネリーのターゲットが移る。

「ええ！　いつ？　いつ知り合ったの？　なんであたしは知らないの？」

そこは決めていなかった。

デリアさんが助けを求めるような視線を向けてきたので彼女に代わって俺が話をする。

「六年くらい前かな？　師匠のところに弟子入りしたばかりのころ、立ち寄った村でヴィムさんと会ったんだ」

そのときにヴィムさんから弓矢を教えて貰ったことを話した。

ネリーが目を丸くして言う。

「それじゃあ、お父さんがクラッセンさんの弓矢の師匠になるの？」

「そうなるかな？」

「クラッセンさんの弓の師匠だなんて凄いじゃないの！」

ネリーの言葉にヴィムさんが渋面を作った。

「子どもだったクラッセンさんに、本当にちょっと教えただけだ。師匠なんて大それたものじゃない」

「そうよね。師匠だなんて恥ずかしくて言えないわよね。いまじゃクラッセンさんの腕前のほうがずっと上なんだから」

「父親をからかうんじゃない」

困ったようにそっぽを向くヴィムさんの傍らで二人のやり取りを微笑んで見つめるデリアさん。

家族ってこんな感じなんだろうなあ……。

俺は少し羨ましく思いながら三人を見ていると、ブライアンと彼の両親が遠慮がちに近付いてくるのが見えた。

俺から三人に挨拶をすると、ブライアンの両親が息子を助けてくれたことのお礼を述べる。

「息子が危ないところをありがとうございました」

そこへヴィムさんとデリアさんが加わる。

「ありがとうございました。なんだか懐かしさのあまりお礼を言うのを忘れていて申し訳ありません」

二人とも恐縮したように何度も頭を下げる。

「偶然通りかかったから助けられただけですし、そもそも、大したことをしたわけじゃありませんから」

「いやいや。アーマードベアを狩るのは大したことですよ」

ヴィムさんの突っ込みにその場にいた人たちが口々に同意する。

皆の感謝の言葉と褒め言葉をなんとかかわしていると、そこへ村人が血相を変えて駆け寄ってきた。

「マクスウェル様がお見えになったぞ！」

飛び込んできた村人の言葉を聞いた全員に緊張が走った。

俺は内心の焦りを悟られないよう、平静を装ってジェシーに聞く。

「ご領主様ですか？」

「私もお会いするのは初めてですが、恐らくシャーロット・マクスウェル様ではないでしょうか？」

皆の視線が知らせを持ってきた村人に注がれた。

「神官様の言うとおりです。お見えになったのはシャーロット様です」

「分割統治をしている代行者か？」

「そうなりますね」

「お孫さんが五人いるという話でしたが、この村を代行統治しているのがシャーロット様ということでしょうか？」

俺は誰にとはなしに聞いた。

答えてくれたのは知らせてくれた村人だった。

「ご領主様のお孫さんの一人で、シャーロット・マクスウェル様がこの開拓村の責任者です」

亡くなった長男の一人娘で、後継者の最有力候補と目されている人物だと説明してくれた。

「もしかして、村人総出で出迎えるんですか？」

俺の質問に皆が首肯した。

統治の実績を示したい後継者候補か……。

嫌な予感しかしない。

何れは会うにしても、できればもう少し噂や情報を集めてから会いたかったなあ……。内心でそんなことを考えながら、俺は皆の後に続いて村の広場へと向かった。

FAULTY SKILL

第7話

シャーロット・マクスウェル

ALCHEMY WORKSHOP

俺たちが広場に到着すると既にかなりの数の村人が集まっていた。

「私たちが最後のようです」

とジェシー。

「総勢五十四人か。確かに全員集まっているな」

「数えるのが速いですね」

「二人とも静かにお願いします。シャーロット様がお見えになります」

案内をしてくれた男性が入り口の方を見ながら言う。

彼の視線の先に目をやると騎乗した六人の騎士の姿が見えた。その後ろに二頭立ての馬車が続き、馬車の後ろにも騎乗した騎士が四人見える。何《いず》れも機動性を重視した革製の鎧をまとっていた。

軽装とはいえ騎士だけでも十人か。辺境とはいえ随分と贅沢な護衛だな。

「騎士を十人も随行させなければならないほど、道中の治安が悪いのか？」

「そこまで治安が悪いという話は聞いたことがありません」

「魔物が頻繁に出没するようになったので、この辺りの魔物の討伐をお願いしていたのです。今回はその討伐のためにいらしたのだと思います」

俺とジェシーが疑問を口にすると、ヴィムさんが小声で教えてくれた。

なるほど、革鎧をまとっているのは森のなかに入って魔物の討伐をするからか。

納得する俺のとなりでジェシーが言う。

「それは初耳です」

「神官様がこちらに来られて間もない頃に陳情したものですから、ご存じないのもしかたがないでしょう」

「つまり、十人の騎士は魔物の討伐要員ということか」

「討伐には我々も同行します」

村人のなかでも戦闘系のスキルを所持している者たちも騎士を手伝って魔物討伐に参加することになるとヴィムさんが言った。

それを聞いたジェシーが落胆したよう顔で言う。

「私たちも参加することになるかも知れませんね」

「俺は戦闘系のスキルを持ち合わせていないぞ」

「スキルなんて関係ありませんよ。実際に戦えるかどうかが重要なんです」

辺境の開拓村ともなれば人材不足は否めない。戦闘スキルを所持していなくても獣を狩ったり、魔物と戦ったりすることが日常茶飯事なのはもっともな話だ。

スキルがないからできません、なんて甘えたことは言っていられないか……。

「そうなったら協力するさ」

「私たち二人はほぼ決まりでしょうね」

「お二人に参加して頂けるなら私としても心強いです」

とヴィムさん。

「到着しましたよ」

デリアさんが肘でヴィムさんを突く。

俺とジェシーも彼に倣って口を閉ざす。

騎士に先導された豪奢な馬車が広場へと進入してくると、村長であるマッシュさんが進み出た。

馬車が広場の中央に止まる。

馬車から姿を現したのは、騎士と同じように革鎧をまとったスラリとした美しい女性で、年の頃は二十代半ばと言ったところである。

長い金髪を結い上げていた。

「あの方がシャーロット・マクスウェル様です」

ヴィムさんが小声で教えてくれた。

彼女に続いて年配の騎士が馬車から降りる。その騎士の姿を見て俺は小さく声を上げてしまった。

「どうしました?」

ジェシーが怪訝そうに尋ねた。

「道中で知り合った騎士だ」

俺は年配の騎士――、グレイグ・ターナーと面識があることをジェシーに小声で伝えた。

すると驚いたように俺を見ながら言う。

「グレイグ・ターナーと言えば、マクスウェル辺境伯が最も信頼する騎士ですよ」

「マクスウェル辺境伯一行の馬車隊の護衛隊長だと言っていた」

「馬車隊の護衛隊長ですか……」

ジェシーはクスリと笑うと、「彼はマクスウェル辺境伯家の筆頭家臣であり、辺境伯家の騎士団の団長です」と囁いた。

「随分と詳しいんだな」

「自分が住んでいる領地の騎士団長を知っているくらいでは、詳しい、とは言いませんよ」

と呆れたように溜息を吐いた。

そのとき、凜とした女性の声が響く。

「村人はこれで全部か？」

馬車から降りたシャーロットがマッシュさんに聞いた。

マッシュさんは確認するように一旦背後を振り返るが、直ぐに彼女へと向き直る。

「はい、全員が集まっております」

「随分と人数が増えたじゃないか」

「お陰様でこの一ヶ月余りで八人も増えました。現在、総勢で五十四人となります」

この近隣の開拓村のなかで最も人数の多い村になったらしい。

そのことを聞いたシャーロットが満足げに頷く。

「その調子で励めよ」

「はい」

返事に続いて、マッシュさんが今回の魔物討伐の陳情を聞き入れてくれたことに対するお礼を口にする。

「この度は私どもの願いをお聞き入れくださり、誠にありがとうございます」

「構わん、これも務めだ。それに開拓民では魔物への対処は難しかろう」

「恐れ入ります」

「討伐隊は明日の早朝に出発する。お前たちのなかから同行する者は何人になる」

「実は人選の途中でして……」

予想以上に早い対応で自分たちの準備が追いついていないことを謝罪した。

「なら、この場で決めろ」

「はい？」

「聞こえなかったのか？　同行する者をいますぐ選べと言ったのだ」

「は、はい。直ちに」

マッシュさんはそう言うと、シャーロット一行に自宅を宿として使ってほしいと申し出た。

「先に拙宅にご案内いたしますので、一先ずお休みください。人選を終えましたらご報告に上がります」

「お前はバカなのか？　私は同行する者をいますぐ選べと言ったのだ」

シャーロットがピシャリと言った。

呆気にとられるマッシュさんに、シャーロットの隣に控えていた騎士が怒鳴りつける。

「さっさと選ばんか！」

「は、はい！」

マッシュさんはこちらを振り返ると、即座に七人の名前を挙げた。

彼に名前を呼ばれた者たちが前へと進み出る。

七人のうち五人はアーマードベアに襲われていた少年たちだった。冒険者だと言っていたが、成人前の少年少女が騎士に同行して魔物討伐をすることに驚いた。

人材不足は深刻なようだ。

残る二人は狩人であるヴィムさんと、ドリスさんというおっとりした感じのする二十代半ばの女性だった。他の村人たちの反応を見る限り、当然の人選という印象を受ける。

俺はジェシーに話しかける。

「人選に誤りはないのか？」

「妥当だと思います」

「ドリスさんというのは？」

五人の少年少女は全員冒険者でパーティー登録をしているのだと説明してくれた。

「水魔法と風魔法が使えます」

ジェシーがこの開拓村に来るまでは彼女が村で一番の戦力だったとささやいた。

「そこの二人！　何をこそこそと話をしている！」

シャーロットの鋭い声が響いた。

視線をそちらに向けると彼女と目が合う。

「魔物の討伐に志願しようと相談していました」

即答した。

「志願するのはいいが、村長はお前たち二人では力不足だと思ったようだぞ」

シャーロットが鼻で笑った。

「ジェシーは一ヶ月程前にこの村に入植してきたばかりですし、私は今日こちらへ到着したばかりです」

人選に間に合わなかったのだと告げた。

「随分と生意気な口をきく若造だな」

「お役に立てると思います」

そう言い切る俺に続いて、マッシュさんが冷や汗を拭いながら言う。

「彼ら二人にはこれから参加を頼むつもりでした」

「ほう、役に立つのか?」

「はい、間違いなくお役に立ちます」

シャーロットの冷ややかな問いに、マッシュさんが即答した。

彼女はマッシュさんの言葉など無視して真っ直ぐに俺を見て言う。

「それで、お前たちは何ができる?」

「私は神官です」

とジェシー。

「光魔法が使えるのか?」

「はい。それ以外にも剣と槍、弓をたしなんでいます」

「銀髪、お前は？」

「錬金術師ですが、弓もそれなりに使えます」

シャーロットが面白くなさそうに言う。

「神官に錬金術師か……。こんな辺境の開拓村に流れてくるようでは大して期待はできないが、大口を叩いたのだからそれなりに役に立って見せろよ」

別に大口を叩いたつもりはないのだが……。

どうやら俺は彼女の機嫌を損ねたようだ。

「ご期待に沿えるよう、精一杯頑張らせて頂きます」

「微力ながら尽力させて頂きます」

俺とジェシーが深々と頭を下げた。

「邪魔だけはするなよ」

シャーロットはそう言い捨てると村長宅へと向かって歩き出した。グレイグさんを除く他の騎士たちも彼女に続く。

無言で彼らの後ろ姿を目で追っていると、ジェシーが小声で囁く。

「もしかして魔物討伐へ参加することになったのを後悔していますか？」

「素晴らしい洞察力だ」

「顔に書いてありますよ」

「そんなにわかりやすかったかな？」

「私でなくとも容易に察しがつきます」

クスリと笑ったがすぐに真顔になり、グレイグさんがこちらへ近付いてくると教えてくれた。

視線を馬車隊へと移すとグレイグさんと目が合う。

「なんの用でしょうね？」

不安げなジェシーにグレイグさんと出会った経緯を伝えた。

「それは奇妙な縁ですね」

ジェシーの言葉続いてグレイグさんの声が届く。

「縁がありますな」。

「憶えていてくださって光栄です」

「シャーロット様の態度は気にしないでもらえると助かります。大型の魔物の討伐ということで少々気負っているようです」

気にしていないことを告げて握手を交わす。

「騎士の皆さんでも大型の魔物と戦うのは緊張するものですか？」

「流民崩れの盗賊を相手にするよりは緊張しますな」

盗賊と戦うほうが危険の度合いが低いというのは俺でも容易に想像ができた。

流民との戦闘を参考にするのはどうかと思うが、あのときの騎士団なら大型の魔物が相手でも十分頼りになるだろう。

「魔物の討伐、よろしくお願いします」

「貴殿の索敵と弓の腕をあてにさせてもらいますよ」

グレイグの口元が綻ぶ。

この様子だと盗賊退治で俺がある程度の成果を上げたことは知っているようだな。問題はどこまで知っているかだが……。

ここは余計なことは口にしないでおこう。

「索敵も弓も魔道具の力を借りてのことです。過大評価をするとあてが外れたときに大怪我をしますよ」

「その辺りも見極めさせてもらう良い機会だと思うことにします」

グレイグさんが穏やかな笑みを浮かべた。


この開拓村の統治を代行しているシャーロット・マクスウエルが魔物狩りのための部隊を率いて到着したのが昨日のこと。

早朝。

昨日の質素な歓迎に不満を漏らしていた騎士たちも、昨夜とは打って変わってやる気に満ちた顔をしていた。そしてその中央にはシャーロット・マクスウェルがいる。

ジェシーが小声で言う。

「まさかシャーロット様が自ら魔物討伐の陣頭指揮を執られるとは思ってもいませんでした」

「そうだな」

馬車から降りた彼女が革鎧に身を包んでいたので、もしかして、とは思ったがそのことは敢えて口にはしない。

「クラッセンさん、リードさん、おはようございます。今日はよろしくお願いします」

アーマードベアに襲われていた少年たちがこちらへと足早に寄ってきた。冒険者登録をしてパーティーを組んでいる五人である。

リーダーはたったいま挨拶をした少年。

「やあ、ユーイン、おはよう」

「おはよう」

ジェシーと俺が挨拶を返すと他の少年たちもリーダーであるユーインに続いて次々と挨拶をした。

ブライアンが憧憬の眼差しを向ける。

「クラッセンさんとリードさんがいるなら今日の魔物狩りは楽勝ですよ」

「クラッセンさんはともかく、私のことはあまりあてにしないでくださいよ」

ジェシーが笑って流すが少年たちの信頼はかなり厚いようで、直ぐに反論と過去の実績が飛び出した。それを聞く限り、手にしている短槍も相当な腕前だが、腰に帯びた剣の腕もかなりのものであることがうかがえた。

ジェシーの戦闘力が水魔法と風魔法の使えるドリスさんよりも上だと言うことは本人の口から聞いている。彼の性格からして自分を大きく見せるようなことはしないだろうから、他にもなんらかの攻撃系のスキルを持っているか、光魔法による攻撃魔法にも長けているかだろう。

「ドリス、索敵役を頼む」

「はい」

シャーロットと会話をしていたマッシュさんがドリスさんを呼ぶと、彼女はよく通る声で返事をして駆け寄った。

「風魔法が相当使えるそうだな」

シャーロットが値踏みをするようにドリスさんを見た。困惑して無言でいるドリスさんを気にすることなく、シャーロットが言葉を続ける。

「お前の護衛に二人の騎士が付く。安心して索敵に専念しろ」

「畏まりました」

シャーロットは次にこちらを向いて指示をだす。

「先頭と最後尾は我々が受け持つ。お前たちは中央だ。守られているからといって左右への警戒を怠るなよ」

凛とした声が響いた。

最も危険な先頭と最後尾を受け持ってくれるのはありがたい。貴族特有の横柄さは顕著だが、領民を使い捨ての駒程度にしか考えていない領主が多いなか、ここの住民はなかなかに恵まれているな。

「さあ、出発ですよ」

ジェシーに背中を押された俺は彼の隣に並んで森の奥へと向かった。

森に入って二時間余、周囲の景色が一変した。

辺境の開拓地だけのことはあるな……。

巨木とはこういう木のことを言うのだろう。直径二メートル以上あるような木がチラホラと視界に入るようになった。

話に聞いた「原生林」という単語が頭に浮かぶ。

「こんな景色初めて見ましたよ」

感嘆の声を上げるジェシーに俺も同意して頷く。

「俺もだ。ちょうど原生林って単語が頭に浮かんだところだよ」

「なるほど、ぴったりですね」

「先ほどからお前たち二人は口数が多いな」

ピクニックではないのだぞ、とシャーロットが睨んだ。

すると、周囲の騎士たちも「誰のために討伐に来ていると思っているんだ?」「身勝手な連中だな」などと蔑みだす。

領主と領民、それも開拓民の関係である。開拓村の魔物の討伐は領主側の義務だし、そのことは開拓民募集の要項にも記載されている。とはいえ、そんなことを言える訳もなく、俺はただ口をつぐむだけだった。

騎士たちが蔑みと罵倒を繰り返すと、シャーロットは鼻で笑いながら形だけだが騎士たちを止める。

「こんなヤツらでも領民だ。言ってやるな」

続く騎士たちの失笑。

「私たち、嫌われちゃったようですね」

「嫌われたのは俺だけだろ」

その瞬間、足を止めたシャーロットが振り返って真っ直ぐに俺を見た。

「察しが良いじゃないか、銀髪」

彼女の琥珀色の瞳が射るように俺を見つめる。

「私は銀髪が大嫌いなんだ！　特に琥珀色の瞳をした銀髪はな！」

「そんな、理不尽な……」

「理不尽？　結構！　今度ふざけた口を利いたら丸坊主にするからな！」

シャーロットはそれだけ言うと踵《きびす》を返して再び歩き始める。

俺とジェシーは彼女から距離を取って、村人たちの最後尾を進むことにした。

さらに進むこと三十分余。

「樹木のせいで陽の光が届きませんね」

生い茂った樹木の間から射し込むわずかな陽射しを見上げながら、ジェシーがつぶやいた。

薄暗い原生林に樹木の間から射し込む幾つもの陽射しが光の柱のように見える。

そこだけ切り取れば幻想的な風景だ。

「光よりも蒸し暑さだよ」

「確かに」

ジェシーは苦笑いをすると「この蒸し暑さは不快感をかき立たせますね」と溢す。

「それに集中力も削いでいく……」

俺は気を引き締めるよう周囲の人たちに告げた。

そのとき、索敵の指輪に反応があった。左から人間ほどの大きさの魔物が五匹と、右前方から大型の魔物が近付いている。

索敵役のドリスさんを見るが、まだ気付いていない。

大型の魔物との距離は五百メートルほどで、人間ほどの大きさの魔物との距離は約三百メートル。

どちらも拓けたところなら視認できる。

「大型の獣か魔物がいます」

ドリスさんが右前方を指さした。

「距離はわかるか？」

「あの三つ重なった、とても大きな木の向こう側です」

厳しい口調で問い糾す騎士にドリスさんが答えた。

「ここからでは視認が難しい。回り込むぞ！」

シャーロットの指示が飛び、騎士たちが一斉に右側へと移動する。

俺たちも彼らに続いて移動する。

人型の魔物との距離が取れるので、出会い頭の接敵や不意打ちを食らうことはないだろう。移動途中に視認できた時点で警告を発しても十分に対処できる。そう判断した俺は、騎士とともに大型の魔物を討伐することにした。

「合図だ」

先行していた騎士から手による合図が発せられた。

俺には何がなんだかわからなかったが、それを読み取ったヴィムさんの顔が瞬時に強ばる。

「どうしました？」

「オーガ……」

ヴィムさんはそう口にした後で、自らの言葉を否定するように「いや、まさか……」と首を振った。

「不味いですね……」

ジェシーが不安げな顔をする。

騎士の戦力を把握していないので断言はできないが、オーガ一体を倒すのに騎士が十人必要と言われているそうだ。

「オーガ一体なら、戦って勝てない戦力じゃないだろ？」

騎士が十人と村人が九人、十分に戦えるだけの戦力に思えた。

「オーガは単独でいることが少ないんです」

オーガは四、五体で群れを作る。

群れると言っても、フォレストウルフのように常に近くにいるのではなく、それぞれ五百メートルから一キロメートルくらい離れて行動しているそうだ。つまり、戦闘になれば索敵の範囲外にいるオーガが増援に来る可能性が高いと言うことである。

ジェシーの不安を裏付けるように騎士たちの間にも動揺が走る。

「戦力不足と判断したようです」

ヴィムさんが騎士たちの間でやり取りされる合図を読み取った。

無理な戦いを避けて撤退する。

判断としては正しいのだろう。しかし、こんな村の近くにオーガの群れがいるとわかれば村人たちの間に不安が広がる。

なんとも歯がゆいな。

そのとき、視界の端に三匹のゴブリンを捉えた。先ほどから索敵の指輪で感知している人間ほどの大きさの魔物だ。

「ヴィムさん、ゴブリンです」

俺は左側面から近付いてくるゴブリンたちを指さした。

距離は二百メートル。

障害物はあるが射程圏内だ。幸い、視認したゴブリンの武器は剣と短槍で、飛び道具の類いは持っていない。

「投石が来るぞ！　大木の陰に隠れろ！」

ヴィムさんはそう言うと、即座に俺とジェシーを見て話を続ける。

「私はゴブリンが迫っていることを騎士に知らせます。お二人は子どもたちをお願いします」

俺とジェシーが首肯すると同時にゴブリンたちが騒ぎだす。

「ギャ、ギャ」

「ギャギャッ」

その声に騎士たちも気付いた。

「ゴブリンだと！」

騎士の一人がゴブリンに向けて弓を引き絞る。

制止する間もなく矢が放たれた。

矢はゴブリンを掠めることなく大木へと突き刺さる。

「ギャ！」

「ギャギャ！」

叫び声を上げながらゴブリン立ちが応戦する。矢を放った騎士に向けて矢と投石が放たれるが、それらは騎士を掠めて大木の向こうへと消えた。

続いてオーガの雄叫びが辺りに響き渡る。

「オーガに気付かれた！」

オーガを視認できる位置に移動していた騎士の一人が叫び声を上げたかと思うと、すぐさまオーガに向かって駆けだす。

参った、オーガとゴブリンの二面作戦か。

ゴブリンを撃退して退路を確保するのが上策だな……。

俺がそう思った瞬間、

「戦うしかなさそうですね」

とジェシーが顔を引きつらせる。

「オーガとの戦闘経験は？」

「ありません」

即答だった。

俺は弓に矢をつがえながら言う。

「オーガは一旦騎士に任せて俺たちはゴブリンを先に片付けよう」

「ゴブリンならやれます」

「おい！　俺たちもやるぞ！」

「ゴブリン程度なら俺たちだってやれる！」

年長の三人が鼓舞するように声を掛け合うが、その側でオーガの咆哮が響く。

「落ち着け！　前衛は盾で防御だ。攻撃魔法を足元に集中しろ！　機動力を奪え！」

慌てる騎士たちを指揮するシャーロットの声が聞こえた。

撤退準備を決断したところに、第三勢力の不意打ちを側面から受けてオーガに気付かれたのだから慌てるのもわかる。むしろ、この状況で騎士たちを叱咤し、指示を飛ばしているシャーロットを賞賛すべきなのだろう。

しかし、そんなことを理解したり褒めたりしたところで状況は悪化するだけだ。

「ゴブリンを片付けたら俺はオーガを仕留めに行くが、一緒に来てくれるか？」

「彼らと連携するのは避けたいのが本音なんですけどね」

一緒に戦っているはずのドリスさんの動きを無視して騎士同士で連携する彼らの戦い振りを見ながら、ジェシーが渋い顔をした。そんな彼に、騎士との連携は考えずに自分たちだけでオーガを倒したいと告げる。

「騎士を出し抜くんですね。後が怖そうですが面白そうです」

やりましょう、とジェシーが口元を綻《ほころ》ばせた。

FAULTY SKILL

第8話

対オーガ戦（1）

ALCHEMY WORKSHOP

視認できた三匹のゴブリンが大木の陰へと隠れた。

「こう遮蔽物が多いと狙いを付けるどころか正確な数もわからないな」

引き絞った弓を緩めながらヴィムさんが舌打ちをした。

「ゴブリンは全部で五匹です」

「確認できたんですか？」

ヴィムさんが驚いた顔でこちらを見た。

「効果範囲はそれほど広くありませんが、索敵ができる魔道具を持っています」

「それは心強いです」

俺は皆にゴブリンが隠れている場所を大声で伝えると、ゴブリンが隠れている側面へと回り込むことにした。

「ゴブリンを狙える位置まで移動するので援護をお願いします」

ヴィムさんとジェシーに声を掛けると二人が無言で首肯し、ジェシーが短槍を弓へと持ち替える。

「クラッセンさん！　俺たちは何をしたら良いですか？」

ユーインたち五人が俺を見た。

五人ともオーガの出現に怯えているのがわかる。ゴブリンだけなら対処できても、直ぐ側《そば》で騎士団と戦うオーガを気にしながらではどんなミスが起こるかわからない。

できるだけ騎士から遠ざけたいな。

「君たちはゴブリンがこっちへ突撃してきたときのために待機だ。ヴィムさんとジェシーを守ってくれ」

緊張した声音で返事をする彼らの声を背後に聞きながら、俺は木の陰から飛び出す。

そのとき樹木の軋む音とオーガの咆哮、騎士たちの叫び声が耳に届く。

「ガア！」

「クソ！　なんてパワーだ！」

「弓矢じゃダメだ！　攻撃魔法を足元に打ち込め！」

聞こえてくる声から判断する限り、盾隊はオーガの一撃にも耐えられるだけの力があるようだ。

盾隊で耐えしのぎ、弓矢で牽制している間に攻撃魔法を練り上げる。

指示されたとおり作戦を遂行できるのは訓練のたまものだろう。冒険者や猟師たちと連携はできなかったが、一緒に訓練している騎士同士なら問題なく連携できるということか。

先ほどの幻滅は撤回しよう。

「村人たちは何をやっている！　援護をせんか！」

「弓矢でも投石でも構わん！　オーガを牽制しろ！」

騎士たちの怒声が響く。

見直した途端これか。

オーガに気を取られるあまり、側面からゴブリンが攻撃してきていることに気付いていない騎士もいるようだ。

「左側面から五匹のゴブリンが来ています！」

ヴィムさんが騎士に向けて叫んだ。

「ゴブリンだと！」

「女！　貴様はゴブリンの接近に気付かなかったのか！」

驚く声に続いてドリスさんを責める声が聞こえた。

本当に訓練された騎士なのか怪しくなってきたな……。

「申し訳ありません」

「この役立たずが！」

乾いた音とドリスさんの悲鳴が響く。

騎士が一般の女性を引っ叩いたのか？

見えぬ騎士への怒りが湧き上がる。それと同時に、索敵でゴブリンの接近に気付いていながら報告しなかったことへの後悔の念が襲う。

俺が知らせていたらドリスさんが殴られることはなかったんだ……。

「やめんか！　いまはオーガに集中しろ！」

シャーロットの騎士を叱責する声が響いた。続いてこちらにも指示が飛ぶ。

「村人たちはゴブリンを始末したらこちらの援護に回れ！」

その間、ゴブリンの投石が俺めがけて放たれたが、どれも大きく外れてくれた。

俺は目標としていた巨木の陰に滑り込む。

よし！

ここからなら狙える！

命中精度向上が付与された矢をつがえ、飛び込んできた方向とは反対側に飛び出した。

視界に二匹のゴブリン。

ゴブリンたちが投石をする間もなく矢を連射する。

「グギャ」

「ゴフッ」

頭部に矢を突き立てられた二匹のゴブリンがくぐもった声を上げて絶命した。

「二匹仕留めた！」

「こっちも一匹やりました！」

俺の声に呼応するようにヴィムさんの声が響く。

そのとき、残る二匹のゴブリンが逃げ出すのが見えた。

位置が悪い！

「残りの二匹が逃げます！」

「こちらでも確認しました！」

「引き受けます！」

俺の位置からは上手く狙えないことを告げると、ジェシーとヴィムさんが逃走するゴブリンに向けて矢を放つ。

俺の視界から消えたゴブリンが断末魔の悲鳴を上げた。

続くジェシーとヴィムさんの声。

「仕留めましたよ」

「これで全部ですか？」

「五匹、すべて倒しました」

少年たちから歓声が上がった。

次の瞬間、少年たちの歓声をかき消して騎士たちの叫び声が響く。

「オーガがもう一体出たぞ！」

「いや、二体だ！　右側からも来ている……」

樹木が大きく揺れ、オーガの発する重低音の咆哮が響く。姿は見えないが、俺の位置からでも巨大な何かが迫ってくるのはわかった。

俺はジェシーたちの傍らを駆け抜けながら声を掛ける。

「騎士団に合流します。ヴィムさんは子どもたちをお願いします」

「わかりました」

「私も一緒に行きます」

ジェシーが俺の後を追って駆けだす。

オーガと交戦中の騎士たちの下へとたどり着くと、騎士に交じってドリスさんが攻撃魔法を放っていた。

「ゴブリン五匹を片付けました」

「狩人はどうした？」

「子どもたちを指揮して他の魔物が近付いてこないか周辺の警戒にあたっています」

俺とジェシーが直ぐにでも参戦できることをシャーロットに伝えた。

「援護に加われるのは錬金術師と神官の二人だけか」

「錬金術師ですが、弓を使えます」

「神官ですが、同じく弓を使えます」

「なんでもいい、オーガの脚を止めろ！」

シャーロットの指示が飛んだ直後、ドリスの水の弾丸を膝に受けてバランスを崩したオーガが地面に倒れ込んだ。

「シャーロット様、撤退しましょう！　一体ならともかく、三体も相手にするのは危険です！」

撤退を訴えるグレイグさんの声を無視してシャーロットの怒声が響く。

「女！　脚だ！　いまの攻撃魔法を同じ箇所に繰り返し撃ち込め！　火魔法は脚を、弓はオーガの目を狙え！」

「シャーロット様、撤退を」

「討伐隊を組んでおいて、おめおめと逃げ帰れるか！」

グレイグさんの言葉をシャーロットが苛立ったような口調で遮る。

「しかし、予想以上の戦力です！」

グレイグさんがなおも食い下がるが、シャーロットは取り合おうとしない。

「逃げ帰っておいて、お祖母様になんと報告をする！」

「生きてさえいれば汚名返上のチャンスも訪れましょう」

俺はグレイグさんとシャーロットのやり取りを横目に、オーガに向けて弓を引き絞る。

俺の隣でジェシーも弓を引いている。

「クラッセンさんから頂いた矢を使わせて貰います」

ジェシーとヴィムさんには命中精度上昇の効果が付与された矢を十本ずつ渡していたのだが、ジェシーはそれをここで使うと言った。

「俺はオーガの左目を狙う」

「では、私は右目を狙います」

二人の矢が同時に放たれた。

「一体仕留めれば活路も開ける！」

「三体に囲まれたら逃げることも難しくなります！」

シャーロットとグレイグさんが口論する最中、俺たち二人が放った矢がオーガから光を奪った。

「ガアァァァー！」

「オーガの左右の目を射貫いた！」

オーガの苦悶の叫びに続いて、俺の声が森のなかに響き渡る。

「本当か？」

「なんだと！」

シャーロットとグレイグさんの驚く声が重なった。

「ゴアー！」

半狂乱となったオーガが手足を振り回して転げ回る。左膝を痛めて思うように立ち上がれなかったところに視力も失ったのだから無理もない。

「シャーロット様、この際に撤退を！」

「お前は逃げることしか考えていないのか！」

グレイグさんを怒鳴りつけたシャーロットが他の騎士たちに向かって号令する。

「頭蓋は硬い！　喉だ、喉を狙え！」

パニックになっているいまがチャンスだ、と騎士たちにハッパをかけた。

それを聞いていたジェシーが口元を綻ばせる。

「撤退するのが正解だと思いますが……、村の開拓者としては脅威を取り除けるチャンスは逃したくありませんよね？」

神官とは思えないほどいい性格をしている。

俺も自然と口元が綻ぶ。

「死に体のオーガは騎士団に任せて、俺たちは無傷のオーガの足を止めに行こう」

両目の視力を失ったオーガなんて、たとえここでとどめを刺せなかったとしても放っておけば息絶える。村にとっての脅威はこちらに迫っている二体のオーガだ。

ここまでのシャーロットの言動を考えれば、迫るオーガに重傷を負わせることができれば討伐に踏み切るはずだ。

後継者候補として実績が欲しいのならお膳立てをしてやろう。悪いが、その立場と見栄っ張りな性格を利用させてもらうとしよう。

俺とジェシーは迫るオーガ二体に向かって駆けだした。

「貴様たち、どこへ行く！」

俺とジェシーが駆けだすと背後からシャーロットの声が聞こえた。

「こちらに向かっているオーガを足止めします」

「死ぬぞ！　戻れ！」

意外にも心配をする言葉が返ってきた。

「無茶をするつもりはありません！」

騎士たちがとどめを刺そうとしているオーガの両目を潰したのが俺たち二人だと告げると、

「運を己の力だと勘違いするな！」

シャーロットがもっともらしいことを口にした。

「自分の力はわかっているつもりです！」

「命が惜しいので無茶はしません」

俺とジェシーはそう告げると走る速度を上げる。

背後でシャーロットが何かを言っているのはわかったが、ハッキリとした言葉としては捉えられなかったので振り返ることなく走り続けた。

並走しながらジェシーが聞く。

「ところで、勝算はあるんですか？」

「付いてきておいて、いまさら聞くことでもないだろ？」

ジェシーは呆れる俺に向かって、「念のためですよ」と笑って話を続ける。

「アーマードベアを一撃で仕留めた爆裂魔法が付与された矢。あれが五本もあるのなら足止めも可能だろうと思っています」

「あの矢なら三桁の本数を持っている」

「驚きました」

あまり驚いていない顔だ。

「使うか？」

「間違って爆発なんてしませんよね？」

「鏃《やじり》にある程度の衝撃が伝わらないと爆発しないから安心してもらって大丈夫だ」

ジェシーに爆裂の魔法が付与された矢を差し出すが、

「いやいや。それって全然安心できないじゃないですか」

と苦笑いを浮かべて受け取りを辞退した。

俺は爆裂系の魔法が付与された矢を錬金工房のなかへと収納し、替わりに十本ほどの矢の束を取りだす。

「これは命中精度を向上させた矢だ」

「こちらのほうが私には合っているようです。ありがたく使わせて頂きます」

「見えた！」

二百メートルほど先、巨木の合間から二体のオーガが姿を現した。

「二体同時ですか……」

ジェシーが顔を曇らせた。

「手間が省けたじゃないか」

「前向きですね」

「十二歳からの六年間、後ろ向きに生きてきたからな。これからは前向きに生きていくことに決めたんだ」

「それ、見習わせて貰うことにします」

「ゴアー！」

俺と目のあったオーガが咆哮を上げてこちらを棍棒で指すと、それに合わせてもう一体が俺から見て右側へと回り込む動作をする。

もしかして連携したのか？

錬金術師の工房にいた頃――、まだ少年だった頃にオーガの素材を直接持ち込む冒険者からオーガ討伐の話を聞いて心躍らせたことがある。

冒険者たちが連係してオーガを倒す自慢話だ。そのなかにオーガがコミュニケーションを図って連携を取る話など出てこなかった。

「いま右側に移動したオーガ、左側のオーガの指示に従ったように見えなかったか？」

「同じ群れなら連携くらいはとりますよ」

ジェシーが当たり前のように答えた。

「オーガも連携するのか……」

「知らなかったんですか？」

ジェシーが呆れたように言った。

まだまだ知らないことが多いな。

内心で苦笑しながら聞く。

「オーガの知能はかなり高いと考えたほうが良いのか？」

「少なくとも一体が両目を射貫かれたら、残った一体はそれを警戒した動きをするはずです」

知能はゴブリンよりも上だと言う。

「手間が省ける、と言ったことは取り消す。二体を分断して叩こう」

少なくとも、互いがどんな攻撃を受けているのかわからないようにしたい。

「具体的にはどうやりますか？」

「爆裂系の魔法が付与された矢を使って二体を分断する。巨木がオーガの視界を遮ったら目を狙ってくれ」

「わかりました、やってみましょう」

俺とジェシーは互いに左右に分かれて走り、それぞれ巨木の陰に身を隠した。

最悪の場合は付与する爆裂魔法の火力を上げた矢を使おう。

錬金工房のなかに収納してある火力を上げた矢を確認する。

数は二十本。

十分だ。

命中精度向上と火力を上げた爆裂魔法、両方の魔法が付与された矢でオーガの目を射貫く……。頭蓋が幾ら固くとも、内側から脳を破壊すればオーガとはいえ倒せるだろう。しかし、それは最悪の場合だ。

二匹のオーガが巨木へと差し掛かった。

いまだ！

巨木を挟んで左右に分かれた瞬間を待って左側のオーガの足元に矢を撃ち込む。爆発に驚いたオーガの進行方向が変わった。

よし、次だ！

右側のオーガの足元にも同じように矢を撃ち込む。

オーガは足元の爆発にたじろぎ二、三歩後退したところで踏みとどまると、矢を放った俺のことを真っ直ぐに睨み付けた。目が合った瞬間、オーガは咆哮を上げ、手にした棍棒を投げつけてくる。

慌てて大木の陰へと身を隠す。すると俺が身を隠した大木に棍棒が当たり、鈍い衝撃音が轟き大木と大地が揺れた。

棍棒って投げるものじゃないだろ！

状況を確認しようと大木の陰から顔を出した瞬間、急速に距離を詰めるオーガの迫力に背筋が凍り付く。

地面から伝わる振動が恐怖をかき立てる。

オーガが五十メートルとない距離に迫っていた。

距離のアドバンテージが消えた！

落ち着け！

まだ間に合う！

命中精度向上と爆裂魔法の付与された矢をつがえて弓を引き絞る。

狙いは迫るオーガの足首。

矢が放たれる直前、オーガの進行方向が変わった。

まさか、読まれたのか？

不安からか、何かに心臓を鷲掴みにされたような感覚が襲う。

足首を狙った矢はオーガの足元に突き刺さり、轟音を伴って爆発した。爆風でよろめいたオーガの右手が先ほど投げた棍棒へと伸びる。

進路を変えたのは武器を手にするためか！

俺は矢継ぎ早にオーガへ向けて矢を放つ。

地面に転がる棍棒へと伸びるオーガの右手。

「グガア！」

爆音とともにオーガの右手の指が何本か吹き飛ぶ。

続けて足首と膝に狙いを定めて矢を放つ。

右手の痛みで動きが鈍ったのか、矢は吸い込まれるようにしてオーガの左足首と左膝に命中した。

続く爆発音とオーガの叫び声。

ジェシーのほうはどうだ？

「ガアアー！」

左目を射貫かれて半狂乱になったオーガが、ジェシーの隠れている巨木へと向かって走り出した。

こちらには目もくれていない。

同じように足首と膝を狙って矢を放つ。

三連射。

一本は外したが、二本はオーガの右膝を捉えた。爆発音とともにバランスを崩したオーガが地面に転がり大木に衝突する。

「ガアアア！」

オーガは苦しげな咆哮を上げながら、矢を射た相手を探すように残った右目をさまよわせた。

その右目に矢が突き刺さる。

「グア！」

ジェシーの放った矢だ。

念のため残った脚も潰しておこう。

俺とジェシーは手分けをしてオーガの両目と両脚の機能を奪った。

「あちらはまだ片付いていないようですね」

「ドリスさんやヴィムさんたちが無茶をさせられていないか心配だ。こいつらは放っておいて向こうの様子を見に行こう」

俺とジェシーは、未だオーガと交戦している騎士たちのところへ向かって歩きだした。

FAULTY SKILL

第9話

対オーガ戦（2）

ALCHEMY WORKSHOP

ドリスの放った水の弾丸を左膝に受けて倒れこんだオーガの両目を、騎士たちの後方から飛来した矢が射貫いた。

「グギャー！」

「オーガの左右の目を射貫いた！」

オーガの苦悶の叫びに続いてルー・クラッセンの声が森のなかに響き渡る。

「本当か？」

「なんだと！」

シャーロットとグレイグの驚く声が重なった。

しかし、見つめる先は違う。

シャーロットの視線の先はオーガを捉え、グレイグの視線はルー・クラッセンとジェシー・リードに留まった。

「いまのは……、あの二人なのか……？」

「ゴアアアー！」

突然視界を奪われたオーガが半狂乱になって暴れだし、グレイグのつぶやきがオーガの悲鳴にかき消される。

左膝に損傷を受けて倒れ込んでいたとはいえ、八十メートル以上先の動く標的を一撃で射貫く。

それほどの弓の名手が果たして国内にどれだけいることか。少なくとも領内では思い当たらなかった。

驚きの視線を二人に向ける彼の耳に、シャーロットの声が響く。

「隊列を組み直せ！　魔法攻撃を集中させろ！」

大盾を構えた四人の騎士が横一列に並び、その後ろに攻撃魔法を担当する三人の騎士、最後尾の二人が弓を引き絞る。

水、火、風と複数の属性の攻撃魔法がオーガを襲う。攻撃魔法に耐えながら立ち上がろうとするオーガの左膝に、一人の騎士が放った火球が直撃した。

ドリスの放った水の弾丸で肉を大きく抉られていた左膝。その傷口に直撃した火球は、着弾と同時に大きく爆ぜた。

「よし！　俺の火球がオーガの膝を壊したぞ！　オーガの片脚と両目を潰したぞ！」

騎士たちの間から歓声が上がる。

「行ける！　行けるぞ！」

「俺たちだけでオーガを倒せる！」

自然と口元が綻ぶ。

しかし、そこへ「気を緩めるな！」とシャーロットの叱責が飛ぶ。

続く、彼女の攻撃指示。

「右だ！　今度は右脚を狙え！」

「女！　攻撃魔法だ！　残る右脚を狙え！」

騎士の一人が、後方へと引いたドリスを再び戦列へと呼び戻す。

「オーガは弱っているぞ！」

「一気に片を付けよう！」

若い騎士たちの攻撃がオーガの頭部へと集中する。

集中攻撃を受けているオーガに自分たちを追撃する余力のないことを見て取ったグレイグはシャーロットに具申する。

「シャーロット様、撤退を！」

「お前は逃げることしか考えていないのか！」

グレイグを怒鳴りつけたシャーロットが、他の騎士たちに向かって号令する。

「頭蓋は硬い！　喉だ、喉を狙え！」

視力と機動力を失ってパニックになっているいまがチャンスだ、と騎士たちにハッパをかけた。

「シャーロット様、もはやあのオーガは相手にするのは時間が惜しいです。ここは迫る二体のオーガを攪乱しながら撤退しましょう」

「くどい！　筆頭家臣とはいえ、少し言葉が過ぎるぞ！」

シャーロットが焦っているのは承知していた。後継者争いが激化するなか、頭一つ抜きん出ているうちに自分が後継者だと周囲に認めさせたいのだろう。

そのためにも実績が欲しいのもわかる。

「同行した騎士たちでは戦力不足です」

「随分な言いようだな。お前が鍛えた騎士たちであろう」

開拓村の魔物討伐に彼が選んだ騎士たちは精鋭揃いだった。しかし、シャーロットは「華がない」という理由で覆した。

「彼らは未熟だと申し上げたはずです」

「だが、まもなくオーガを倒すぞ」

そのオーガを死に体に追い込んだのが開拓村の女性と若者二人であることに気付いていないのか、とグレイグは愕然とした。

彼の視界の端に森を駆ける二人の若者が映る。

グレイグが視線をルーとジェシーに向けると、シャーロットも彼の視線の先を追って二人視界に捉えた。

「貴様たち、どこへ行く！」

二人の背後に向けてシャーロットの声が響く。

「こちらに向かっているオーガを足止めします」

「死ぬぞ！　戻れ！」

生意気な若者とはいえ領民である。無闇に死地に向かわせるのは忍びなかった。

「無茶をするつもりはありません！」

ルーは走る速度を緩めると、シャーロットを振り返ってさらに言う。

「いま、騎士たちが袋だたきにしているオーガの両目を射貫いたのは俺とジェシーです。つまりは、それくらいの力量はあると言うことです」

その言葉にシャーロットが驚きのあまり目を丸くした。

だが、直ぐに気を取り直す。

「運を己の力だと勘違いするな！」

「自分の力はわかっているつもりです！」

「命が惜しいので無茶はしません」

ルーとジェシーはシャーロットに向かってそう告げると、再び速度を上げた。

「こちらのオーガにとどめを刺したら応援に向かう！　無茶はするな！　必ず生き残れ！」

二人の背に向かってそう叫んだ彼女にグレイグが聞く。

「銀髪に琥珀色の瞳はお嫌いだったのでは？」

「大嫌いだ！　大嫌いだが、私の指揮下で村人を死なせたくはない」

領民を思う心があることがせめてもの救いだ、とグレイグは思う。

グレイグは迫る二体のオーガの足止めに向かった若者二人が、無事に戻ることを祈るような気持ちでその後ろ姿を目で追った。

「あの二人、死なせたくはありませんな」

「ここは私と残った騎士たちで十分だ。お前はあの二人が無茶をしないよう助けてやれ」

「よろしいのですか？」

「行けと言っている！」

シャーロットはグレイグに背を向けると、騎士たちの攻撃が集中するオーガへ視線を向けた。

「畏まりました」

目の前で転げ回っているオーガがシャーロットに害を成すことはないだろうと判断し、彼はルーとジェシーの二人を追って駆けだした。


グレイグがルーとジェシーの二人を見つけたのは、二体のオーガが二人に向かって走りだしたときだった。

既に交戦状態だったか！

彼がそう思った刹那、オーガの足元で爆発が起きた。

「まさか、火魔法なのか……？」

錬金術師と神官。

錬金術のスキルと光魔法、どちらも希少で有用なスキルだった。

それ以外にも、二人とも弓系のスキル——、それも命中精度が向上する系統のスキルを所持していると考えていた。それだけにここで攻撃魔法が飛び出したのは予想外だった。

オーガの足元で二回目の爆発が起きる。

「二度も外した？」

弓矢の命中精度に比べると攻撃魔法の命中精度は落ちるのかと一人納得したそのとき、オーガが雄叫びを上げて手にした棍棒をルーへと投げつけた。

オーガの投げた棍棒が大木に当たり、周囲に鈍い衝撃音が轟く。

森のなかがざわめく。

そのなかをオーガがルーの隠れている大木目指して走りだした。

間に合わない！

グレイグがそう思った瞬間、弓を引き絞った態勢でルーが大木の陰から飛びだした。

「やめろー！　弓矢でどうにかなる相手じゃない！」

グレイグの悲痛な叫び声が爆発音にかき消される。

爆発で土と落ち葉が舞う。

彼の視界からルーの姿が消えた。

「弓を引き絞った状態で火魔法を使ったのか！」

国内でも有数の弓の技量に加えて、十分な殺傷力のある火魔法が使えることに愕然とする。

続けざまに爆発音が轟くなか、グレイグはその火力の凄まじさに身を震わせていた。

若者の有望さに胸が高鳴った。

自らの部下に迎えたいと切望した。

爆発音が止み、土煙のなかから二人の若者が姿を現す。

オーガの苦しげなうめき声が響くなか、談笑をしながら悠然と歩いていた。

FAULTY SKILL

第10話

錬金術師と神官

ALCHEMY WORKSHOP

「手柄はシャーロット様と配下の騎士に譲るということで異論はないな？」

「異論はありませんが、質問はあります」

俺とジェシーとで行動不能にしたオーガ二体。そのとどめと素材をシャーロットとその騎士団に譲ることでジェシーと話がまとまった。

「どんな質問だ？」

「手柄を譲る対価として、シャーロット様に何を求めるんですか？」

「面倒を避けたいだけだ、と言ったら信じるか？」

「信じません」

人懐っこい笑顔であっさりと言われた。

二人で二体のオーガを行動不能にできると知れ渡れば、俺たち二人を配下にしたいと考える貴族たちがでてきてもおかしくない。

それを説明した上で言う。

「少なくともシャーロットの配下にはなりたくないと思っただけだ」

「誰か他に目星を付けている人がいるんですか？　たとえば他の後継者か……、あるいは他領の領主への仕官を考えているとか？」

「それだったら自分たちの手柄にしたほうがいいだろ？」

「確かにそうですね……」

一瞬、思案するような表情を浮かべた後で頷く。

「そんな条件だと逆に怪しまれて痛くもない腹を探られますよ」

ジェシーが村のためになるような条件も用意しようと提案した。

「具体的には？」

「直ぐには浮かびません。道すがら考えましょう」

笑ってそう答えると、ジェシーが何かに気付いたように前方を見据える。

俺も釣られてそちらを見ると、シャーロットに同行した騎士たちのなかで、ただ一人の年輩の騎士――、グレイグさんがたたずんでいた。

もしかして戦闘を見られたか！　と身構えそうになったが気を取り直し、何食わぬ顔で話しかける。

「約束通り無茶をしない範囲でオーガ二体の足を止めました」

「手柄を譲るにしては随分な言いようですね」

隣を歩くジェシーが呆れたようにささやいた。

「オーガ二体を二人で足止めした事実は消えないからな。放っておいても何れ噂は広がるさ」

「なるほど」

ジェシーが一人納得したように口元を綻ばせる。

何を察したのか尋ねようとする矢先、グレイグさんが口を開く。

「オーガは動けないのですか……？」

それどこか虚ろな目をしている。

「オーガの両目と両脚の機能を奪いました」

背後でうめき声を上げている二体のオーガが既に死に体であることを告げると、グレイグさんは強ばった顔で俺とジェシーを見つめる。

「君たち二人は、何者ですか……？」

「錬金術師です」

「神官です」

「そう、そうでした……」

そんなことを聞いているのではない、と目が語っていたがそれ以上の追求はなかった。

俺は背後で苦悶の声を上げるオーガを一瞥《いちべつ》して言う。

「騎士様方をこちらに向かわせて頂けませんか？」

「どういうことでしょう？」

グレイグさんが不思議そうな顔をした。

「あのオーガたちにとどめを刺して頂こうかと」

「何故自分たちでとどめを刺さなかったのですか？」

「わざわざ我々のために遠征して頂いたのです。シャーロット様と騎士様方の手柄にして頂こうと考えたのですが、ご迷惑でしたでしょうか？」

「それは……、若い騎士たちも感謝するでしょう」

喜ぶとは思うが、感謝して貰えるとは思えないな。

内心で苦笑しながら言う。

「その対価として幾つかお願いをしたいのですが、よろしいでしょうか？」

「私の口から約束することはできませんが、シャーロット様に進言すると約束します」

「ありがとうございます」

騎士団長とはいっても、後継者候補であるシャーロットの前ではそのあたりが限界だろう。

グレイグさんが「ところで」と話題を変えた。

「錬金術師殿は火魔法も使えるのですか？」

貴族と平民という身分差があるとはいえ、スキルのことについて尋ねるのは褒められた行為ではない。

俺はあからさまに不機嫌な顔をして言う。

「スキルの詳細についてお話しするつもりはありません」

「そうですね、すみませんでした」

心底申し訳なさそうに頭を下げた。

騎士が平民に頭を下げるなど聞いたことがなかったので、俺とジェシーは思わず互いに顔を見合わせた。

「頭を上げてください。そんなつもりで言ったわけではありません」

「いや、私の配慮が足りなかったのは事実です」

本当に申し訳ない、と重ねて謝罪の言葉を口にした。

そして感嘆したように言う。

「本当に素晴らしい火魔法でした」

火魔法と勘違いされたままでは、今後不都合が起きかねないか。

俺は種明かしをすることにした。

「先ほどの爆発は火魔法ではありません。火魔法の付与された矢を持っていたのでそれを使いました」

勿論、予防線を張ることも忘れない。先ほど使った爆裂の魔法が付与された矢は補充の効かない貴重な代物を使ったのだと告げる。

「感謝します」

「ちなみに、目を射貫いた矢にも命中精度向上の魔法が付与されていました」

自分たちの技量だけではとてもではないが、動き回るオーガの目を射貫くなど無理なことだと白状した。

「命中精度を向上させる系統のスキルを持っていたのではなかったのですか……」

「ご期待を裏切るようで申し訳ありません」

「私も彼が持っていた命中精度向上の矢を使わせて貫いていました」

「そう、でしたか……」

俺とジェシーの言葉にグレイグさんは落胆を隠せずにいた。しかし次の瞬間、はたと気付いたように彼の顔に精気が戻る。

そして口にしたのは予想通りの言葉。

「使った矢は錬金術師殿が作ったものなのですか？」

ここまでの道中、錬金術師と付与術師の知識に乏しい人たちから同じような質問をされた。

グレイグさんは自分で口にした言葉に驚き、狼狽しながら否定の言葉を口にする。

「いや、そんなことはあり得ないな……」

それはそうだろう。

属性魔法が付与できる錬金術師など歴史を振り返っても聞いたことがない。属性魔法を付与するには、付与魔法と属性魔法の両方のスキルを所持していなければならない。悲しいかな、付与魔術のスキルを持っていても属性魔法のスキルを持っていないと、その付与魔術スキルは宝の持ち腐れとなる。故に属性魔法の付与できる付与術師は希少で、地位が高い。

この世界で授かるスキルは最大で三つ。歴史を振り返っても二つの属性魔法を付与できる付与術師は二人しかいない。

俺は混乱するグレイグさんに言う。

「俺は錬金術師であって付与術師ではありません。属性魔法が付与された矢は祖国の友人たちから餞別として貰ったものです」

嘘を吐いた。

友人なんて一人もいない。

「錬金術師殿の友人と、貴重な代物を使ってくれたことに改めて感謝します」

俺たち三人はシャーロット様と騎士たちが戦っているところへと向かって歩きだした。

残る二体のオーガに騎士たちがとどめを刺して湧き上がるなか、グレイグさんが俺とジェシーをシャーロットに引き合わせてくれた。

軍の指揮官が遠征で用いる折りたたみ式の椅子。それに腰を下ろした彼女が不機嫌そうな顔をこちらへと向ける。

「オーガ二体の足止め、見事であった。お祖母様に報告をしたのちに褒美を取らせよう。何か希望があればこの場で申してみよ」

「二体ではありません。最初の一体の両目を射貫いたのもこの二人でございます」

グレイグさんの言葉にシャーロットが眉をひそめた。

「報告と違うな」

「報告と違うと申しますと……？」

「オーガの目を射貫いたのはこの矢だと報告があったが？」

シャーロットが傍らのテーブルに載せられた二本の矢を手に取る。

それは見覚えのない矢だった。

「それは騎士の矢ですな……」

騎士たちは武具に個人の記章を刻む者が多い。シャーロットの差し出した矢には騎士の記章が刻まれていた。

　グレイグさんはその記章に見覚えがあるのだろう。それを見るなり、オーガ二体にとどめを刺して湧き上がる騎士たちの方へと鋭い視線を投げかける。

「お前たちが使った矢は、命中精度向上の魔法が付与されたものだったそうだな？」

「はい」

「そんな貴重な矢を回収しなくても良いのか？」

　静かだが怒気を孕んでいる。こちらを疑っているのが口調と表情でわかる。

「回収できるに越したことはありませんが、付与された効果は一度射ると消失してしまうように作られています」

　必要以上の労力をかけて回収しなくても問題ないのだと説明した。

　こちらが射た矢を敵が拾って使う可能性だってあるんだ。そのくらいの対策はしてある。もちろん、回収できるに越したことはない。修理して再度魔法を付与すれば良いのだから、素材から作るよりも遙かに少ない魔力消費ですむ。

「そうか……」

「希望する褒美があれば言いなさい」

　考え込むシャーロットに代わってグレイグさんが俺とジェシーをうながした。

「最初の一体目のオーガに関しては審議する必要があるが、あちらの二体に関しては疑うべくもない」

「では恐れながら申し上げます」

シャーロットの許しが出たところで、俺は恭しく頭を垂れてジェシーと相談した褒美を伝えることにした。

「褒美の希望の前に、オーガ二体の足止めをしたのが我々であること、足止めした手段についても伏せて頂くようお願いいたします」

「それは足止めも含めて騎士たちの手柄にしても良いと言うことですか？」

「さようでございます」

「理由を聞いても？」

「これは褒美にも繋がるのですが、私もジェシーも権力者から干渉されたくないのです。噂が広がればこの領地の有力者はもとより、他領の貴族からも仕官を求められる可能性がございます」

それを避けるためなのだと伝えた。

「わかった。そのくらいなら私の一存で聞き届けよう」

「実はもう一つございます」

俺はこちらが本命なのだと前置きして言う。

「オーガ三体の市場価格相当の麦を、支援物資として頂戴できませんでしょうか」

「麦だけで良いのか？」

オーガ一体の魔石と素材を市場で売れば、金貨十枚にはなるとジェシーが教えてくれた。大人一人の人頭税が金貨一枚。大人一人が一年間生活するのに必要な金額が金貨二枚と言われている。金貨二十枚分の麦が追加で入手できれば、五十四人の村人全員が一年以上飢えずにすむ。

「食糧のご支援を頂ければ開拓と開拓に必要な物資の調達に専念できます。一年後には近隣の村など比べ物にならない発展を遂げるでしょう」

シャーロットにとっても利があることを告げた。

「お祖母様の許可を頂いたら直ぐに食糧を送ると約束しよう」

「ありがたき幸せ」

「ご厚情に感謝申し上げます」

俺とジェシーが感謝の言葉を述べた直後、若い騎士の声が耳に届く。

「シャーロット様、こちらがオーガ二体の両目を射貫いた矢にございます」

部隊長が四本の矢を恭しくシャーロットに差し出した。

シャーロットは矢を受け取りながら部隊長に問う。

「こちらの村人二人が射貫いたと報告を受けたが？」

「我々が討伐にあたりましたところ、村人の放った矢は目の付近に刺さっており、多量の出血が認められました。その血が目に入り一時的に視力を失ったものと推察いたします」

「この村人二人が嘘を吐いたということか？」

「一時的に視力を失ったオーガを見て、目を射貫いたと勘違いしたのでしょう」

「そうか……。よくやった。お前たちはオーガの解体作業にかかれ」

「承知致しました」

部隊長は揚々と立ち上がると俺とジェシーに向かって
「おい、お前たち、付いてこい」

横柄な口調で言った。

しかし、グレイグさんが間髪を容《い》れずに言う。

「この二人には話がある」

「畏まりました」

部隊長は深々と頭を下げると、ヴィムさんと少年たちを呼び寄せた。彼らと一緒に駆け寄るドリスさんを見たシャーロットが、部隊長を呼び止める。

「待て！」

「は！」

「その女にも話がある」

「女、お前はここに残れ。他の者はオーガの解体作業だ！」

ヴィムさんたちを引き連れた部隊長が遠ざかると、唇を噛み締めているシャーロットにグレイグさんが言う。

「虚偽の報告です」

「わかっている……」

「二体のオーガの両目をこの二人の若者が射貫くのをこの目で見ました」

「わかっていると言っただろう……」

「最初の一体目も騎士たちの後方から射られた矢がオーガの両目を同時に射貫いています」

「わかっていると言っているだろうが！」

「彼らをどう処分するおつもりですか？」

グレイグさんが歓声を上げる騎士たちの方を見た。

「処分などできるわけがなかろう！」

処分などしたら、そんな騎士たちを引き連れてきたシャーロットの責任が問われるのは容易に想像できた。

「今後はもう少しまともな人選をされることです」

「鍛えろ」

「は？」

「お前が鍛えろ。魔物討伐ができるだけの騎士に鍛え上げろ、と言っているのだ」

「技量は鍛えられても性根までは直せません」

「貴様！」

「腹を立てる相手が違います。彼らをあそこまで増長させたのはシャーロット様です」

「貴様……！　お祖母様の直臣だからと言っても言葉が過ぎるぞ！」

「良い機会なので言わせて頂きます。シャーロット様のお父上が率いた騎士団を目指しているのは理解できますが、騎士の見た目にこだわりすぎです」

「騎士は見た目が重要だ！　颯爽とした騎乗姿を現しただけで、領民に安堵を与えるものでなければならない」

おい！

ちょっと待てよ！

妙に若くてイケメンの騎士が揃っていると思っていたが、もしかして容姿で選んでいたのか？

「騎士を容姿で選ぶなど……」

グレイグさんが軽く頭を振った。

「容姿だけではない。家柄も考慮している」

「判断材料としては間違っています」

悪い予感が的中したようだ。

俺とジェシーの目が合った。

「実績が欲しいのでしたら」

「わかっている！」

「錬金術師と神官！　お前たち二人を臨時で騎士見習いとして雇ってやる。次の開拓村へ同行しろ」

「お断りします」

「謹んで辞退させて頂きます」

俺とジェシーの言葉が重なった。

「は……？」

「彼らはシャーロット様の配下になるくらいなら、他の後継者候補のところへ仕官すると申しております」

「私が後継者の最有力候補だぞ！」

そういう噂だったが、いまとなってはそれも怪しいというか、情報戦略として彼女が流布したものではないかと疑いたくなる。

「先ほど、彼らに干渉しないと約束をしたばかりです」

シャーロットはグレイグさんの言葉に拳を握りしめると、理不尽な怒りを湛《たた》えた目で俺とジェシーを睨み付けていた。

FAULTY SKILL

第11話

アンジェリカ・マクスウェル辺境伯

ALCHEMY WORKSHOP

シェラーン王国マクスウェル領の領都カーティス。

マクスウェル領は魔の森と呼ばれる広大な未開発の地域と二つの国――、ブリューネ王国とベルクリッド王国と国境を接する。その地理的な性質上、シェラーン王国の国防の要所の一つとなっていた。

この地を治めるマクスウェル辺境伯家は、シェラーン王国の建国から続く国内でも有数の名家の家門でもある。

当代の当主はアンジェリカ・マクスウェル。

六十五歳とは思えない若々しい容貌。

白髪交じりの銀髪を結い上げた彼女はとても上品な雰囲気を漂わせていた。

居間のソファーに背筋を伸ばして座った彼女が、穏やかな口調で問いかける。

「報告を聞きましょう」

彼女の正面に座るのはシャーロット・マクスウェル。アンジェリカの亡き長男の娘――、彼女の五人いる孫の一人である。

「ご報告でしたら既に書類を提出させて頂いております」

「あなたの口から直接聞きたいのです」

マクスウェル辺境伯の琥珀色の瞳が、シャーロットを射貫くように見つめる。

シャーロットの視線が一瞬だがアンジェリカの背後に控えるグレイグに向けられた。

「私の口から、ですか……」

実情を知るグレイグが、マクスウェル辺境伯にどこまで報告を上げているのかを気にしているのが

一目で見て取れる。シャーロットもグレイグの口から真実が既に伝わるかも知れないと思っていた。しかし、自分の側近として派遣されていたことから一縷の望みを捨てきれずに表向きの報告をしてしまったことを後悔する。

マクスウェル辺境伯は深いため息を吐いた。

「グレイグから報告は受けていますが、私はあなたが実際に目にし、感じたことを話してほしいのです」

マクスウェル辺境伯はシャーロットに表向きの報告でなく、真実を報告する機会を与えたのだが、彼女にはそれが伝わっていなかった。それどころか自身よりも先に事実を伝えたグレイグを逆恨みして睨み付けている。

「シャーロット」

マクスウェル辺境伯が悲しそうな眼差しでシャーロットをうながした。

すると、彼女が慌てて口を開く。

「通称マッシュ村と呼ばれる開拓村の一つから魔物討伐の要請があり、グレイグ男爵を筆頭に臨時編成した十名の騎士を率いて赴きました」

到着の翌朝、開拓村の住民九人を伴って魔の森へと通じる森林地帯へ踏み入ったこと、その森林地帯でオーガ三体と遭遇し、これを倒した経緯を詳細に報告した。

「討伐したオーガ三体とゴブリン五匹を村の住人である錬金術師の所持するアイテムボックスに収納して開拓村へと帰還いたしました」

「最初に遭遇したオーガの左脚に最初に損傷を与えたのも、オーガの両目を射貫いたのも開拓村の住民で間違いないのですね？」

マクスウェル辺境伯が念を押すように聞くと、シャーロットもその通りだと即座に認めた。

「オーガだけでなく横合いから現れたゴブリン五匹を討伐したのも村の住民です……」

悔しそうに拳を握る絞める彼女に、辺境伯が聞く。

「最初のオーガとの交戦中に現れた二体のオーガを無力化して、騎士たちに花を持たせたのも村の住民で間違いありませんね？」

「錬金術師と神官の二人です……。彼らがオーガの両目を潰し、両脚を損傷させて動きを止めました」

「その動きの止まったオーガに騎士たちがとどめを刺したと言うことですか……」

「はい……」

シャーロットはオーガ二体の手柄を譲る代わりに、オーガの素材が市場で取り引きされる額に相当する食糧の支援を約束したことも併せて報告した。

「手柄を譲られるよりも先に、オーガの両目を射貫いた彼らの矢を引き抜き、代わりに自分たちの記章が刻まれた矢を手に、射貫いたのは自分たちだ、と報告したとも聞いていますが……？」

辺境伯が呆れたように聞いた。

「事実です……」

「その者たちの処遇は？」

「真実はともかく、表向きにはオーガを討伐した者たちですので、報償を与えました」

「その騎士たちは、領都へ帰還するなりオーガ三体の討伐に成功したことや、暴れるオーガの両目を射貫いたことを得意げに吹聴して回ったそうですね」

暴れるオーガの両目を射抜いたとされる騎士たちに、そんな技量がないことは騎士団のものなら誰もが知っている。向けられた疑いの目が確信に変わるのに二日と必要なかった。オーガの両目を射抜いたと自称する騎士たちが、他の騎士と腕比べをして惨敗したのは帰還した翌日のことである。

そうなるとオーガ三体を討伐したことにも疑いの目が向けられる。

「叱責し、かの者たちには休暇を与えました」

オーガ討伐で報償を与えた者たちである。謹慎させる訳にもいかず、特別休暇という名目で隔離していることを告げた。

悔しそうに俯くシャーロットとは裏腹に、辺境伯は頭を小さく振ってため息を吐く。

「当該の騎士九名は即刻解雇しなさい」

「彼らはこれからの人材です」

「では、見習いに降格しなさい」

「彼らのなかには他領の貴族の子弟もおります。見習いに降格などしたら関係の悪化が懸念されます。謹慎処分でご納得頂けませんでしょうか?」

「手柄を譲って貰ったことは良いでしょう。多少の嘘やごまかしも必要です。ですが、直ぐにバレる嘘はダメです」

「悪気はなかったのです。ただ……、少々、世間知らずなところが……」

「彼らは当家の騎士団の信用が毀損《きそん》されるようなことをしでかしたのです」

辺境伯はシャーロットの言葉を遮り、譲る気がないことを静かに告げた。

「畏まりました……」

騎士たちの嘘――、表向きの報告が虚偽であったことが知れ渡るのは時間の問題だった。そのフォローもしないとならない。

「グレイグ、騎士団内には今回の討伐の真実を周知しなさい」

「承知いたしました」

「お祖母様！　それでは私の立場が！」

「嘆かわしい……」

騎士団の統制よりも自身の評判を気にするシャーロットを悲しげに見つめる。シャーロットがそれが自分に対する落胆の眼差しだと理解するのに時間はいらなかった。

「お祖母様、この度の失態は必ずや取り戻して見せます」

「どうやって？」

「幸いにして、私の管理する開拓村に有望な平民が流れてきました。彼らを騎士見習いとして取り立てて」

「黙りなさい！」

辺境伯の鋭い声がシャーロットの未練がましい思いつきを遮った。

「その若者二人、いえ、少なくとも一人はあなたの部下になるのは願い下げだと言ったそうじゃないですか？」

「初対面で、シャーロット様が「琥珀色の瞳をした銀髪は嫌いだ」とおっしゃいましたので、そのことも影響していると思われます」

グレイグは討伐に参加した騎士たちの態度だけでなく、シャーロット自身にも原因があるかもしれないと告げた。

「迂闊なことを……」

「相手は平民です。一人は神官なので簡単にはいかないでしょう。ですが、もう一人は他国からの移民です。相応の地位をチラつかせれば簡単に考えも変わるでしょう」

シャーロットが自分に錬金術師を説得するチャンスをくださいと懇願する。

「シャーロット、あなたには期待をしていました」

「お祖母様……」

自身へと向けられた悲しげな眼差しに、シャーロットが怯える。

「ブラッドやオズワルドと違って、領民を思いやる優しさがあると思っていました。少々強引なところはありますが、内政の手腕も見事なものでした」

「お祖母様、わ、私は……」

既に後継者候補から外されたと目される二人の従兄弟の名前を聞いてシャーロットはその場にくずおれた。

先に名前の挙がった二人の従兄弟。ブラッドが代理統治する開拓村からの魔物討伐の要請に対して騎士を派遣するだけで、自らが赴いたことは一度もなかった。オズワルドに至っては、支援するはずの食糧や物資も横流しをして遊ぶ金に換えていた始末である。

「あなたが担当する他の開拓村はそのまま継続して統治して構いません。しかし、今回の開拓村、マッシュ村からは手を引きなさい」

「は、い……」

ブラッドとオズワルドからはそれぞれ一つずつの開拓村を残してすべて取り上げた。

それに比べれば随分と温情のある措置だろう。

「いままでのあなたの言動を鑑みれば、今回の失態は起こるべくして起こったことと言えましょう。ですが、評価すべき点は多数あります。挽回してごらんなさい」

「はい！　ありがとうございます」

シャーロットが失った信用は大きかったが、それでも首の皮一枚繋がっている事実に安堵していた。

「後任はどなたにしますか？」

とグレイグ。

「シャーロットが約束した物資を届ける際にパーシーとクラーラを同行させなさい。二人の反応を見てから決めましょう」

クラーラの名前が挙がった瞬間、シャーロットの顔が強ばった。

「お祖母様、クラーラはまだ十四歳です。性格も内向的すぎます。仮にとはいえ統治させるのは早すぎます。それにあれは養女です」

「クラーラは養女ではありますが、末端とは言え一族の血を受け継いでいます。何よりも辺境の領地を守るだけの戦闘スキルを有しています」

「ですが、戦闘には不向きな性格です」

「あなたに口出しをする資格はありません」

口調は穏やかだったが鋭い視線は反論を許さなかった。

シャーロットが押し黙ると、辺境伯が「ところで」と話題を変える。

「目撃情報では巨大な魔物ということでしたが、それがオーガだと判断した理由は？」

「え？　あの、オーガ三体と遭遇しましたので……」

シャーロットはしどろもどろになった。

オーガ三体の討伐成功で浮かれていたことに彼女自身改めて気付かされたのだろう。住民が目撃した「巨大な魔物」が討伐したオーガとは限らなかった。

失態がもう一つ。

他の魔物の可能性を完全に見落としていたことに背筋が凍る。

「グレイグ、約束した物資の用意を急ぎなさい。物資を届ける際には対大型の魔物用の武器と騎士団のなかから十分な戦力を率いるように」

「畏まりました」

放心するシャーロットの眼前で、辺境伯とグレイグのやり取りが続いた。

シェラーン王国マクスウェル領。

開拓村にほど近い寂れた町。

その片隅で眉目秀麗な青年が夕食を摂っていた。

青年の名はネイサン・ケレット。ダニエラ・ブラント子爵からルドルフ・ブラントの暗殺を依頼された男である。

「まんまと一杯食わされた」

ワイルドボアのステーキにナイフを入れながら毒づく。彼の胸中に追跡の短剣を見つけたときの絶望感と怒りが蘇る。

「雇い主からの情報は一切信用できないな」

暗殺のターゲットであるルドルフ・ブラント。

銀髪に琥珀の瞳、長身で見目の良い十八歳の青年。所有するスキルは、錬金工房と認識阻害と自己回復の三つ。武芸のたしなみはなし。性格は消極的で、周囲の意見に容易く流され主体性がない。錬金工房で六年間修行したが、とうとう錬金術が発現することはなかった。

ターゲットはなんの取り柄もない気弱な青年。

それが雇い主から知らされていた情報だった。

おおよそ失敗する要素のない、簡単な仕事のはずだった。ネイサンもまさか追跡の短剣が逆手にとられてまかれるとは予想すらしなかった。

「それになんだ……？　道中の情報を集めれば集めるほど別人じゃないか……」

容貌こそ情報通りだったが中身は情報とまるで違った。優秀な錬金術師であり、弓の名手でもあるという。

「やはり自分で情報を集めないとダメだな」

ルドルフ・ブラントが開拓村のどこかへ潜り込んだことは突き止めていた。

あとは正確な情報を集め、隙を突いて暗殺する。

そう、いつもの成功パターンだ。

「頭を切り替えよう。先ずは情報収集からだ」

ネイサンが気を取り直して夕食を再開しようとしたとき、凜とした女性の声が耳に届く。顔を上げて声の主を見上げると、そこには革鎧をまとい金色の髪をなびかせた美しい女性が立っていた。

「少し良いかな？」

女性はそう言うと、ネイサンの返事を待たずに向かい側の椅子へと腰掛けた。

ネイサンがすかさずよそ行きの柔和な表情を浮かべる。

「美しい女性と相席とは嬉しいですね」

「色っぽい話をするつもりはない。お前、私に雇われないか？」

「ネイサン・ケレットです。美しいお嬢さんのお名前を教えて頂いてもよろしいでしょうか？」

「シャーロット・マックスウェル。この領地の次期後継者だ」

「これは失礼いたしました」

立ち上がり、恭しく頭を下げるネイサンにシャーロットは「畏まった挨拶は不要だ」と言って話を続ける。

「実は少々痛い目に合わせたい輩がいる」

そのために腕の立つ者を集めているところだと説明した。

つまりはまっとうな仕事ではないということである。

「荒事ですね」

ネイサンはなぜ自分に声をかけたのかと人懐っこい笑みを浮かべて聞き返した。

「昼間の大立ち回りのことを聞いた」

「お恥ずかしい」

昼間、同じ馬車で国境を越えてきた冒険者たちと揉めたのだが、ネイサンは大人数相手にもかかわらず彼らをまるで子どものようにあしらって撃退していた。

余計な揉め事を避ける目的もあって、素人目にも腕利きと映る程度の立ち回りを演じていたのだ。

「腕を見込んでの依頼だ」

「次期ご領主様の不興を買うとは不幸な輩ですね」

「生意気な銀髪の小僧だ」

「銀髪とは珍しいですね」

「錬金術師なのだが少々腕が立つ」

シャーロットが口にした男の特徴がネイサンの関心を惹き、思わず目を細める。

「そのお話、詳しく伺いましょう」

「輩の名はルー・クラッセン」

シャーロットはルー・クラッセンの身体的な特徴と、彼が錬金術師であり弓の名手でもあることを語った。

ネイサンは労せずターゲットの情報を入手できたばかりか、ダニエラ・ブラントとシャーロット・マクスウェルの二人から、二重に仕事を請け負えることにほくそ笑む。

「違法なことは承知している。当然、その分の報酬は弾む」

「相手が抵抗した場合、最悪死に至らしめてしまう可能性もあります」

ネイサンの瞳が妖しく光ると、

「領内、それも辺境の開拓地で起きることだ。私の権力でなんとでもなる」

シャーロットもそれに応えるように口元に妖艶な笑みを浮かべた。

FAULTY SKILL

第12話

錬金工房レベル3

ALCHEMY WORKSHOP

張りつめた空気のなか、弓を引き絞り二百メートル以上先の牡鹿に狙いを定める。聞こえてくるのは風に揺れる樹木の微かな音と、鳥や虫の鳴き声。距離はあるが外す気がしない。

俺の手を離れた矢が牡鹿の後頭部を貫く。

短い悲鳴を上げて牡鹿が倒れると、傍らで息を潜めていたネリーとカールが歓声を上げた。

「凄い！　あんなに離れていたのに……！」

「また一撃で仕留めた！」

騒ぐ二人をよそにヴィムさんが感嘆の言葉を発する。

「本当に凄い腕前ですね」

「ありがとうございます」

俺の弓の腕が凄いのではなく、弓と矢にかけられた付与魔法が凄いのだが、それを言うわけにもいかずなんとも言えない居心地の悪さを覚えてしまう。

「カール、血抜きをしにいきましょう」

そう言ってネリーが走り出すと、カールもその後を追った。そんな二人の背中にヴィムさんが「気を付けろよ」と声を掛ける。

ここ数日繰り返されてきた光景だ。

俺は錬金術師として働く傍ら、村でただ一人の狩人であるヴィムさんの手伝いもしている。最初はヴィムさんと二人だけで森へ入っていたのだが、五日前からネリーとカールも同行するようになった。

ネリーとカールが鹿の血抜きをする様子を微笑ましそうに見つめるヴィムさんに聞く。

「娘さんにも狩人になってほしいんですか？」

「本音を言えば狩人になってほしくないんですけどね」

ヴィムさんが「過保護なのはわかっています」と照れくさそうに笑った。

親の気持ちか……。

なんとなくわかる気がするがそれを口に出すのは躊躇われた。

俺が無言でいるとヴィムさんが一人話を続ける。

「娘のスキルが冒険者や狩人に向いていることは知っていますが、親としては冒険者にはなってほしくありません。いえ、危ないことをしてほしくないんですよ」

本人から聞いたわけではないが、この五日間で彼女がどんなスキルを持っているのかは大体察しが付いた。

恐らく身体強化系と気配察知に類するスキルだろう。

「お気付きでしょうが、娘は身体強化のスキルを持っています。畑を耕すのにも、荷物を運ぶのにも役に立ちます」

「将来は農家に嫁いでほしいんですか？」

「贅沢を言えば、町の商家にでも嫁いでくれればと思っています。ですが……勉強嫌いのお転婆ですから無理でしょう」

と笑う。

「俺でよければ読み書き算術を教えますよ」

「え？　よろしいんですか？」

開拓村の識字率は低かった。

まともに読み書きができる人は十人程度だろう。算術に至っては俺とジェシーを含めても四人しかできない。これから村を拡大するにあたり、読み書きと簡単な算術ができる人間は必要になってくる。

新たな入植者に期待するのではなく、教会で読み書き算術を教えてはどうかとジェシーと相談していたことを話した。

「クラッセンさんが教えてくださるなら、ネリーも素直に勉強すると思います」

「教える対象は子どもや若い人たちだけでなく村人全員です。読み書きと算術はできた方が今後のためですよ」

「本気ですか……？」

「マッシュさんに相談して了承を頂いたら、ですけどね」

俺がそう言うと、なんとも言えない複雑な表情でヴィムさんが話題を変える。

「今日の獲物はもう十分でしょう。鹿を収納したら村に戻りましょうか」

「まだ昼前ですよ」

「今日はご領主様から支援物資と食糧が届く日なので、クラッセンさんだけでも早く切り上げさせてほしいとマッシュにクギを刺されているんです」

なるほど、支援物資の員数確認要員か。

「村人全員が読み書きと算術ができればこういうこともなくなりますから、やっぱり勉強は必要でしょう」

「そうです、ね……」

俺がニヤリと笑うとヴィムさんがなんともバツの悪そうな顔をした。

村人の大半がこういう反応をするんだろうな。

「クラッセンさーん！」

「後頭部のド真ん中に命中してましたよ！」

手を振るネリーとカールに「いま行く」と俺も手を振って応える。

「騎士団を待たせたら何を言われるかわかりませんし、鹿を収納したら戻りましょうか」

「文句を言われることはないと思いますよ」

俺の脳裏にシャーロットが浮かんだ。

「そう願いたいですね」

俺はヴィムさんと連れだって仕留めた鹿へと向かって歩きだした。

ネリーとカールの下へとたどり着くとヴィムさんがネリーとカールに言う。

「今日の狩りはこの辺りで切り上げて村へ戻るぞ」

「えー、まだイノシシ三頭と鹿一頭しか狩ってないよ」

「もう少しダメですか？」

ネリーとカールが、干し肉を作りたいからもう少し狩りをしたいと言い出した。しかし、領主からの支援物資とオーガ討伐の際の報酬として大量の食糧が届くことを告げると、二人の顔色が変わる。

「え？　それって今日なの？」

「それじゃ、今夜はご馳走が食べられるんだ！」

「今日の獲物は今夜のご馳走だな」

干し肉用の獲物は明日狩りに来るということで落ち着いた。

「鹿を収納しますね」

吊されている鹿を錬金工房へと収納した。

そのとき、突然、頭のなかに声が響く。

『錬金工房のレベルが3に上がりました。アイテムボックスを区分けできるようになりました。土、水、火、風の属性付与の調整ができるようになりました。属性付与の詳細が鑑定できるようになりました』

旅の途中、ポーションを作っていたときに響いた声と一緒だ。

レベル3だと……？

「どうしました？」

ヴィムさんだけでなく、ネリーとカールも俺を見た。

「なんでもありません。些細な用事を思いだしただけです。大丈夫ですから村へ戻りましょう」

「クラッセンさんがそうおっしゃるなら……」

「大切なご用ですか？」

「考えておかなければならなかったことを思いだしただけだよ」

心配そうに見上げるネリーに微笑み、考えごとをしながら後から付いていくと告げた。

すると三人が揃って歩き出す。

俺は逸《はや》る気持ちを抑えて錬金工房のなかをのぞき込む。

とりあえず、この場で直ぐに確認できそうなのは鑑定だな。

錬金工房のなかにある『命中精度向上』を付与した矢を鑑定すると『命中精度向上（大）』と表示されていた。

命中精度向上（大）か。

そりゃあ、よく当たるわけだ……。

三人の後ろを歩きながら矢に属性魔法を付与しようとすると……、命中精度向上（大）（中）（小）と精度の段階が表示された。

任意に精度の段階を調整できるのか。

これはありがたい。

命中精度（小）の矢なら村人に配っても大きな問題にはならなさそうだ。

しかし、問題は命中精度（大）のさらに上に表示された（必中）だ。

必中も含めて、レベルアップした錬金工房の検証をする必要がありそうだな。

俺はそんなことを考えながら三人の後に付いて村へと歩を進めた。

「あ、ジェシーさんだ」

「ブライアンたちも一緒よ」

村の近くまで戻ってきたところでカールとネリーがブライアンとユーイン、ダドリーたちと一緒にいるジェシーを見つけた。

ジェシーもこちらに気付いて軽く手を振る。

「今日は随分と早く戻ってきましたね」

「支援物資が届くとかで早く戻るよう言われているらしいんだ」

俺が他人事のように言うとジェシーが
「クラッセンさんもでしたか」

と苦笑する。

「ジェシーもなのか？」

「薬草を採りに行くと言ったら、遠くに行かずに直ぐに呼び戻せるところにいるよう、マッシュさんに言われました」

ブライアンたち三人をチラリと見て、「彼らは護衛兼監視役です」とささやく。

「監視とは随分だな。何かあるのか？」

「のんきですね」

ジェシーがため息を吐いた瞬間、支援物資と俺たち二人の関連に思い至る。支援物資が届くと言うことはシャーロットと、この間の騎士たちが来る可能性があるということか。

「仕官の誘いならキッパリ断ったはずだ」

「私はともかく、クラッセンさんのことを一度断られたくらいで諦めるようじゃ、後継者候補失格でしょう」

「何度誘われても答えは一緒だ」

「シャーロット様とは相性が悪そうでしたね」

「そう言うジェシーはどうなんだ？」

「私は神聖教会に在籍している神官ですよ。神聖教会によほどのコネがなければ領主とはいえ、簡単に引き抜きはできません」

聞きたかったのはシャーロットの部下になる意思があるかどうか。つまりジェシーの本音だったのだが、上手くはぐらかされたな。

俺とジェシーの会話が一息ついたところで、ブライアンが待っていましたとばかりに話しかける。

「クラッセンさん、今日は何を仕留めたんですか？」

ブライアンと一緒にいるユーインとダドリーも興味津々といった様子でこちらを見ている。

そんな彼らに向かってネリーが呆れたように言う。

「本当、食いしん坊なんだから」

「育ち盛りなんだよ」

「そうそう、肉は毎日でも食べたいからな」

ユーインとダドリーがネリーに言い返す傍ら、ブライアンが再び俺に聞く。

「で、何が狩れたんですか？」

「そういうことは俺じゃなくヴィムさんに聞け。狩猟の責任者はヴィムさんなんだから」

三人は揃って俺とヴィムさんに謝ると、ヴィムさんに同じことを聞いた。

ヴィムさんは鷹揚に笑いながら告げる。

「イノシシ三頭と鹿一頭だ」

「誰が仕留めたんですか？」

と聞くユーインにヴィムさんは「少しは俺の立場を考えてくれよ」とぼやきながら、イノシシ二頭と鹿を俺が仕留め、ヴィムさん自身がイノシシ一頭を仕留めたのだと話した。

「やっぱりクラッセンさんはスゲーや！」

「アーマードベアと同じように頭に一撃で？」

ユーインとダドリーの質問に曖昧に答えていると、ジェシーが「そのくらいにしておきなさい」と助け船を出してくれた。

そしてヴィムさんに言う。

「そろそろお昼になります。薬草も十分に採れたので一緒に戻りましょう」

俺たちは一緒に村へ戻ることにした。

——歩くこと十数分。

村へ戻ると、見かけない人たちが大勢いた。

武装こそしていたがどこかサマになっていないというか、冒険者や傭兵と違って普段から武器や防具を装備し慣れていないように見える。

「新しい入植者かな?」

「違いますよ。彼らは近隣の開拓村の人たちです」

俺の独り言にジェシーが答えた。

なるほど、それで村の人たちと妙に親しげに会話をしていたのか。

「随分と集まっているけど何かあるのか?」

「例の食糧と物資が届く日が今日だと聞きつけた近隣の開拓村の住民が、それらを分けてほしいと集まってきたんですよ」

支援された食糧を売って現金収入を得るつもりで、マッシュさんが事前に近隣の開拓村に触れ回っていたのだと説明をしてくれた。

「それで馬車や荷車が何台もあるわけか」

「開拓村はどこも物資と食糧が不足しています。物資と食糧が手に入るとなったら多少の無理はします」

辺境の開拓地において貴重品である馬車や荷車をあれだけ集めたのだから、彼らも相当無理をしているのだと容易に想像が付いた。

感心して眺めているとジェシーが補足する。

「こちらの目的が現金収入なのは既に伝えてあるので、現金もかなり無理をしてかき集めたはずです」

「それで武装した人たちが多いわけか」

「この辺りで盗賊が現れた話は聞きませんが、それでも用心にこしたことはありませんから」

と笑った。

立ち止まって会話をしている俺とジェシーにマッシュさんが気付く。それまでマッシュさんの回りにいた見知らぬ人たちもこちらを見ると、何やら興奮した様子で会話を始めた。

「こちらを見ていますね？」

とジェシー。

見知らぬ人たちのなかには露骨に指を指している人もいる。

「狩りから戻ったから獲物を持ってきたと思っているんじゃないかしら？」

とネリー。

「まさか、ブライアンたちじゃあるまいし」

「あのなー。一応俺たちはお前ら二人よりも一つ年上なんだからな」

からかうカールにブライアンが口を尖らせる。

「クラッセンさんとジェシーさんを呼んでいるようです」

ヴィムさんの言うとおり、マッシュさんが俺とジェシーを交互に見ながら手招きをしている。

「そのようですね」

「行きましょうか」

俺とジェシーはマッシュさんの方へと歩き出す。

五メートルほどの距離まで近付くと、それまでマッシュさんの周りにいた見知らぬ人たちが小走りに駆け寄り、たちまち取り囲まれてしまった。

そして矢継ぎ早に話しかけられる。

「あなた方がお噂の錬金術師様と神官様ですか。いやー、お二人ともお若い」

「こちらの開拓村が羨ましい限りです」

「錬金術師様、是非、我々の村にも家を建てに来てください」

「神官様、うちの村でも立派な教会を用意いたします。月に三、四回で構わないので足をお運びください」

次々と話しかける人々から逃れようと踵を返そうとしたそのとき、隠れるように立ち去ろうとするマッシュさんの姿が目の端に映った。

間違いない、元凶はマッシュさんだ。

立ち去ろうとする彼の姿を見た瞬間にそう思った。

「マッシュさん！　説明をしてください！」

「そうですね、是非とも落ち着いたところでお話がしたいですね」

立て続けに俺とジェシーから言葉が発せられると、マッシュさんはビクッと身体を震わせて立ち止まる。

そしてなんとも情けない顔でこちらを振り向いた。

「えーと……」

「とりあえず、集会所へ行きましょうか」

「あそこなら、声もそうそう外には漏れないでしょう」

俺とジェシーは周囲に集まった村人をかき分けてマッシュさんを捕まえた。

「なんというか、酒に酔った勢いで口が滑ってしまったんだよ」

「そうですか、口が滑ったんですか」

「滑った理由はこの際後回しにするとして、まずはその軽い口から漏れた情報を確認しましょう」

マッシュさんの左右の腕を抱えた俺とジェシーは、何が起きたのかと呆気にとられる人々を置き去りにして、集会所へと向かった。

病気になったり、怪我をしたりしたときのための対策と衣食住の改善、これらが真っ先に必要なことだと俺とジェシーが話し合った末の結論だった。

病気と怪我については常備するポーションと薬を増やす。

これは主にジェシーが請け負う。

ポーションや薬に必要な薬草と素材を彼が集め、ポーション作製と創薬を俺が手伝う。

次の衣食住だが、まずは住から手を付けることにした。

村の集会所と個々の家を俺が錬金術を使って建造する。村人全員を収容して余りある広さの集会所と教会こそ、錬金工房のなかで組み立てられなかったが、四人家族が住むのに不自由しないだけの家屋は余裕で建造できた。

マッシュさんが口を滑らせたのはそのことなのだろうと想像は付くが、問題はどこまで口を滑らせたか、だ。

調子に乗って二十日余で村の建物をすべて建て替えた俺にも問題はあるが、自分の口から説明をするのと他言無用の約束をしておきながら吹聴されるのとでは大違いだ。

そこの線引きだけはしっかりとしておかないと今後に不安を残す。

「マッシュさん、他所の開拓村の人たちにどこまで話をしたんですか？」

「医療関係と建築に関しては私たち二人にお任せ頂けるということでしたよね？　加えて言うなら他言無用のお約束もしていたと記憶しています」

集会所に入るなり、俺とジェシーがマッシュさんに詰め寄る。

「いや、その……。申し訳ない」

酒の臭いをプンプンさせながら頭を下げるマッシュさんに、ジェシーがなおも詰め寄る。

「謝罪は謝罪として受け入れますが、どこまで話をしたのか教えてください」

「どこまで……」

必死に思いだそうとしている様な気がする……。

嫌な予感しかしない。

「そうです。外で騒いでいる人たちに話した内容を教えてください」

扉の向こうからは、自分たちの村に出張して家を建ててほしいとか、動けない患者のために往診してほしいという声が幾つも聞こえる。

「皆がこの村の発展に驚いていたんだ」

恐る恐る口を開いたマッシュさんが話を続ける。

「なにしろ、教会と集会所だけじゃなく一人住まいの村人の家まで建てられている。それも町中でさえ滅多に見ないような立派な建物になっていたからね」

まあ、そうなるよな。

他の村から尋ねてきた人たちの口から何れは広まるだろうと思っていたことだ。しかし、予定より早まったのは困りものだ……。

「それでも最初は約束通り何も言わないでいたんだ。本当だ、信じてくれ」

「信じますから先を続けてください」

すっかり意気消沈したマッシュさんをジェシーがうながす。

「村の発展を祝って、ってことで酒が出てきて……」

「酔っ払ってしまい、口が滑ったと言うことですね？」

「面目ない」

「さて、本題です。どこまで話をしましたか？」

「実はよく憶えていないんだ」

マッシュさんは「申し訳ない」と、俺とジェシーを拝むように謝罪した。

懸念していたことが的中した。これはある程度覚悟を決めた方が良さそうだな。

「憶えている範囲で良いから教えてください」

俺はなおもマッシュさんに詰め寄るジェシーを引き留めて提案する。

「マッシュさんに聞くよりも、外の人たちに聞いた方が早いし確かだと思うんだが、どうだろう？」

「そうですね……。そうしましょうか」

俺とジェシーは安堵するマッシュさんを集会所に残し、外に集まった人たちと話をするために扉を開けた。

瞬間、我先にと殺到する人々。

圧倒されそうになる俺たちだったが、急に人々の反応が小さくなった。

続いて聞こえる、支援物資と食糧が届いたことを知らせる声。

この開拓村の村人はもちろん、他の開拓村から集まった人たちまで支援物資を積んだ馬車隊を迎えるために村の広場へと駆けだした。

「とりあえず、助かりましたね……」

「できれば、マッシュさんがどこまで話をしたのかを先に確認しておきたかったけどな」

俺はさらに面倒なことになりそうだと思いながら、そう口にした。

「私はそうでもないでしょうけど、クラッセンさんは大変なことになりそうですね」

「最悪のことを想定して受け答えを考えておくよ」

「村人からの質問攻めに合うよりも、シャーロット様からあれこれと探られる方が楽かも知れませんよ？」

ジェシーはそう言うと軽い口調で笑った。

心にもないことを言う。二十人の村人よりもシャーロットの方が手強いのはわかっているだろうに……。

「何れにしても、お互いに他の開拓村へ出張することにはなりそうだな」

「クラッセンさんがポーションや薬を作れるとわかったときから覚悟はしていました。この村だけでなく、近隣の開拓村の人たちを少しでも救えるなら、私としては嬉しい限りです」

「前向きだな」

「嫌々やらされる仕事は精神的に疲れます。ですが、同じ仕事でも自分の意思でやれば終わった後で活力が湧いてきます」

騙されたと思って試してみませんか？　と笑う。

「なんとなくわかるよ」

振り返れば、錬金術師として修行をしていた前半の三年間は『錬金工房』のスキルが開花するかも知れないとひたむきに頑張れた。しかし、後半の三年間は精神的にも疲れ果てていたのだといまならわかる。

「では、明るい未来を信じて皆のために働きましょうか」

「模範的な神官だな」

「そう言ってくれるのは辺境の人たちだけです」

ジェシーは一瞬、暗い顔をしたが、それに気付かぬ振りをして広場へと向かった。

俺とジェシーが広場へ到着すると、十二台編成の馬車隊が到着したところだった。

「随分と多いな」

こちらが要求した食糧と支援物資にしては十二台の馬車隊というのは多すぎる。物資輸送のためとはいえ、騎士も前回の倍以上いた。

「貴人が乗る馬車が二台ありますね」

「シャーロット様だけじゃないということか……？」

「どうでしょう」

「シャーロット様と同格の貴人が二人だとしたら、騎士の人数も頷けるな」

騎士の人数も気になるが、顔ぶれにも違和感があった。見覚えのある騎士はあの年配の騎士――、グレイグ・ターナーさんだけだった。

グレイグさんは俺とジェシーを見つけると、にこやかに微笑みながら馬を近付けてきた。

「錬金術師殿に神官殿、お元気そうでなによりです」

「食糧と支援物資をお届け頂き感謝いたします」

「約束ですからな」

そう言うと、「話は変わりますが」と話題を変えた。

「村が見違えるように発展しましたな」

そりゃあ、気付くよなあ……。

俺は内心で苦笑いをしながら答える。

「村の皆さんに協力を頂いて、公共の施設や家屋の建て直しをいたしました」

「錬金術師殿が主導したのですか？」

「成り行きでそうなりました」

シャーロットたち一行が村を立ち去ってから二十日余。数が少ないとは言え、その短期間で村の建物を建て直したのだから、一般的な錬金術師の能力を超えていることは明白だ。

「二人とは村長を交えて少々込み入った話をしたいと思っていたのですが……。村長抜きで話をする時間も取ってもらうことになりそうです」

話をするのは決定か。

「お話を伺うくらいはします。ですが、前回もお話したようにシャーロット様の配下になるつもりは……、少なくとも私はありません」

「神官殿はどうですか？」

俺の含みのある回答に、ジェシーにはシャーロットの部下になる意思があるのか、と期待の籠もった視線が向けられた。

「私は神聖教会の神官です。申し訳ございませんがご期待には添いかねます」

「村には十日ほど滞在する予定です。その間にゆっくりと説き伏せるとしましょう」

グレイグさんは落胆する素振りすら見せずに鷹揚に微笑んだ。

「随分と長期の滞在ですね」

十二台の馬車隊の理由が判明した。

貴人と騎士が長期滞在するための諸々の物資だったのか。

「実はこの開拓村の領主代行がシャーロット様から、別のお方に替わることになりました。そのお披露目と村の現状を把握するための長期滞在です」

「貴人の馬車が二台あったのはシャーロット様とその後任の方だったんですね」

納得したように頷くジェシーに、グレイグさんがゆっくりと首を振る。

「後任の候補はお二方です」

ここで十日間過ごした後、本家へ戻ってからどちらが正式に後任となるのかが決まるのだそうだ。

そのとき、村人たちの間から響めきが湧いた。

俺も自然と響めく村人たちの視線の先を見る。

そこには顔立ちの整った二十歳前後の青年と、成人前と思われる美しい少女――、銀葉のアカシアの前で会った少女がいた。

あのときの少女も後継者候補の一人だったのか。

なるほど、あの凄まじい火魔法も頷ける。

疾走する馬車の御者席に立ち、銀髪をなびかせて火球を放っていた彼女の姿が脳裏に蘇る。

「男性はパーシー・マクスウェル様、女性はクラーラ・サザーランド様。お二方ともマクスウェル辺境伯様のお孫様です」

二人を紹介するグレイグさんの声が静かに響いた。

二人とも珍しい銀髪が特徴的だ。

「お二人が後任候補と言うことですか」

「後任候補でもあり、後継者候補でもあります」

「そんなことを一介の村人に話しても大丈夫なんですか？」

「問題ありません」

口元を綻ばせるグレイグさんにジェシーが話しかけた。

「先ほども申し上げましたが、私は神聖教会に在籍する神官なので仕官先がシャーロット様なのか、それ以外なのかというのは関係ありませんから」

ジェシーに先手を打たれた。

逃げに入ったな。

申し訳ないとジェスチャーで伝えるジェシーから視線を逸らしてグレイグさんを見た。

ジェシーに続いて俺もクギを刺そうとした瞬間、

「神官殿の事情は最初から予想できていました。それについてはご領主様も納得してくださっています。しかし、錬金術師殿はシャーロット様との相性だけが問題でしたので、ご領主様も是非ともお会いしたいとおっしゃっていました」

本命は俺か……。

マクスウェル辺境伯自らが会いたいと言っているとなれば、無碍《むげ》にはできないか。

「それは光栄です」

「事情を汲んでくださり、感謝いたします」

俺とジェシーの声が重なった。

「荷物を下ろしたらお二人に声を掛けるので、近くにいるようにお願いします」

グレイグさんは満足げな表情でそう言うと、馬を牽いて後任候補の二人へ向かって歩きだした。

マッシュさんとドリスさんが中心となって物資の受け入れをしている間、俺とジェシーは二人の後任候補と面会をしていた。

場所は貴人二人と護衛の騎士たちが宿泊することとなった村の集会所の一室である。部屋には貴人二人とグレイグさん、そして俺とジェシーの五人だけがいる。

部屋に入ると直ぐにグレイグさんが謝罪の言葉を口にする。

「物資搬入は二人が中心になって行う予定だったと聞きました。急遽予定を変更することになって、申し訳ありません」

この村には文字の読み書きができる者も少ないが、それ以上に四則計算ができる者が不足していた。安心して計算を任せられるのは俺とジェシー以外だと、村長のマッシュさんとドリスさんくらいのものだ。しかも、マッシュさんは既に酒に酔っている。

不安がないと言えば嘘になる。

「員数確認などの読み書き計算が得意な者、四人に手伝いをさせているので安心してください」

グレイグさんがこちらの不安を見透かしたように言った。

なるほど、すべて把握済みと言うことか。

やはりこのグレイグさんは侮れない。

マクスウェル辺境伯の懐刀と言われるだけのことはあるようだ。

「パーシー・マクスウェル様とクラーラ・サザーランド様をご紹介させてください」

彼の示した先には二人の貴人がいた。グレイグさんにうながされるまま俺たち二人は部屋の中央へと進む。

「錬金術師のルー・クラッセン殿と神官のジェシー・リント殿です」

「パーシー・マクスウェルだ」

こちらが挨拶をするよりも先に、銀髪の青年が人懐《ひとなつ》っこそうな笑みを浮かべて右手を差し出した。

戸惑いながらも、彼と握手を交わす。

「素晴らしい集会所だ。これほどしっかりとした作りの建物は領都でもそうそう見かけないな」

「錬金術で材料を加工しただけです。実際の建築は村人総出でやりました」

「聞いている。しかし、いままでに村人総出で建てた建物との違いは一目瞭然だ。その要因は何かと言えば考えるまでもないだろう？」

パーシーの言う通りだ。これまでも村人総出で家屋を建てていたのだ。違うことと言ったら自分しかない。

「私の錬金術が皆さんの役に立ったと評価頂けて、とても光栄です」

「評価したのはそこではないのだけれどね」

苦笑いをして受け流そうとする俺に、パーシーが聞く。

「この村の建物も二十日余ですべて建て替えたそうだね？」

「それも私一人でやったことではありません。村の皆さんの協力がなければ、ここまでのことはできませんでした」

「謙遜しなくてもいいよ。村人たちからは君たち二人を称賛する声が上がっている。特に錬金術師殿の活躍はこちらから尋ねるまでもなく、かなり詳細に聞かされたと報告を受けている」

「いつそんなお話を？」

馬車隊が到着して一時間も経っていない。

いつの間に情報を集めたんだ？

俺の疑問を見透かしたかのようにパーシーさんがニヤリと笑う。

「当家の騎士団長は有能でね」

村の急速な発展に俺とジェシーが関わっていると考えたグレイグさんが、部下たちを使って物資引き渡しの傍ら村人に聞き込みを行ったそうだ。

「少々誇張があるようです」

「誇張があったとしても君が規格外の錬金術師であることは明白だ」

正直言えばまだ半信半疑ではあるがね、と微笑んで言う。

「どうだろ？　私の目の前で馬車小屋と馬小屋を作って貰えないだろうか？」

「パーシー様、まだ挨拶の途中です」

グレイグの言葉にパーシーが「申し訳ない」と両手を挙げて、すぐさま俺から離れた。

続いて、グレイグにうながされて銀髪の少女が一歩進み出る。

「はじめましてジェシー・リンド様。ルー・クラッセン様は、お久しぶりですね。改めて自己紹介をさせて頂きます。後任候補となりましたクラーラ・サザーランドです」

涼やかな声が耳に届く。

その後の俺とジェシーの挨拶が終わった後も、俺を見つめるクラーラに聞く。

「あの、何かありましたでしょうか？」

「あら、私ったら……」

「クラッセン殿の見事な銀髪と琥珀色の瞳に見入っていたのだろう」

恥ずかしそうに俯く彼女の隣でパーシーが「許してやってくれ」と笑った。

「辞めてください、パーシー兄様」

クラーラは抗議の声を上げながらさらに顔を赤くした。思春期の女の子が若い男の顔に見入っていたと言われれば、恥ずかしくもなるのもわかる。

「琥珀色の瞳はともかく、銀髪は珍しいですからね」

「失礼なことをしてしまって申し訳ございません」

「お気になさらずに」

初めて会ったときも驚いたが、こうして近くで見ると本当によく似ている。白銀の髪と琥珀色の瞳というのもあるが、それ以上に顔立ちがあまりにも似ていた。

屋敷にあった母の若い頃の肖像画を思いだす。

血筋か……。

祝福の儀を終えた馬車のなかでの母との会話が脳裏をよぎる。

『ルドルフ、あなたのお祖母様の話をしたときのことを憶えている？』

『私の祝福の儀を終えたら、私を連れて一度里帰りをする、と言っていたことですか？』

『仲直りするために、ね』

少し緊張していたが、それでも弾んだ声だった。

駆け落ちしたことは悔いていなかったのだろうが、それでも祖母と喧嘩別れしたことは後悔していたのだと思う。

俺の思考をパーシーが遮る。

「マクスウェル家は代々銀髪が多く、直近六代の当主はすべて銀の髪をしていた。なかでも、銀の髪に琥珀色の瞳を持つ者は魔力量が多いと言われている」

直近六代の当主の治世では、戦時はもちろん内乱で国内のほとんどが疲弊しているときであってもマクスウェル領だけは経済、治安ともに安定していた。そのことから、マクスウェル領の領民たちの間では銀の髪を持つ者が次代の当主となるのだと信じ込まれているという。

「シャーロット姉さんは赤毛に、というか銀の髪でないことに劣等感を抱いているんだ。クラッセン殿を嫌った理由は銀の髪と琥珀色の瞳が理由だろうね」

パーシーも最後は溜め息交じりに「寛大な気持ちで許してやってくれると嬉しい」と溢した。

そんな幼稚な理由で人を嫌うのかよ。

内心で呆れていると、グレイグさんがパーシーを軽く睨み付けて話題を変える。

「さて、村の発展について色々と聞かせて頂きたいと考えていましたが、まずは実際に錬金術師としての腕前を見せて頂いてもよろしいですか？」

「そうですね、人数分のベッドを作りましょうか？」

パーシーとクラーラを筆頭に騎士たちのほとんどが集会所に滞在するとなったが、大人数の宿泊を想定していなかったのでベッドなどの不足している設備が幾つかあった。

一瞬の静寂の後、グレイグさんが要望を口にする。

「それも必要ですが、先ほどパーシー様がおっしゃったように馬車小屋と馬小屋をお願いしてもよろしいですか」

「ええ、構いません。それで、どちらを先に作成しましょう？」

一般的な錬金術師よりも優れていることをごまかすつもりもなかったので即答する。

「ベッドを先にしよう」

パーシーの一言で人数分のベッドを作成することになった。

早速、パーシーが使う予定の部屋に移動してベッドと衣装棚、ソファーとテーブルを錬金工房内で作製する。そして完成したものを部屋のなかへと出現させた。

「あら……、もう作ってあったのですね」

「用意が良いのは感心するが、私は錬金術で作るところを見たかったのだけどね」

クラーラとパーシーが残念そうに溢した。グレイグも言葉にこそ出さなかったが落胆しているのがわかる。

そんな三人にジェシーが提案する。

「次はクラーラ様の部屋となりますから、どのようなデザインのものが良いか、ご希望をおっしゃってください」

なるほど、それなら納得するか。

俺たちはクラーラが使う予定の部屋へと移動しながら、彼女から要望を聞いた。そして、部屋へ到着するなり彼女の希望したデザインの家具類を出現させる。

「え……？」

クラーラが疑問の声を上げてベッドを凝視し、パーシーとグレイグさんの二人は無言で部屋に並んだ家具類を見つめていた。

「せっかくですから、鏡台も用意しましょう」

出現した鏡台を見たクラーラが感動の声を上げ、パーシーは驚きの声を上げる。

「素敵……」

「これは……鏡なのか……？」

俺が作るガラスの透明度と滑らかさは、恐らくどんな熟練の職人も真似できないような代物だ。そのガラスを使うことで他とは比べ物にならない鏡となる。

「私の知っている鏡と違う……。いや、私の知っている錬金術と違う……。クラッセン殿、これはどういう仕組みなのか教えてくれ」

パーシーが呆然とつぶやいた後で、我に返ったように突然詰め寄ってきた。

「少しだけ特殊な錬金術のスキルを持っています」

「特殊？　どんな風に特殊なのだ？」

「私の錬金術はアイテムボックスのなかでしか作業ができません。そのため、こうして完成品を突然出現させるか、錬金術で加工した部品を出現させることしかできません」

それ以上のことは明かせないとクギを刺した。

「いや、驚嘆すべきは仕組みではなく速度と精度です……。これほどの速さと正確さで錬金術を行使できる錬金術師を私は知りません」

高位の錬金術師に並ぶ力があるかも知れないと予想をしていたが、目の当たりにした力はそれ以上のものだとグレイグさんが感嘆の声を上げる。

その傍らでパーシーがポツリと言う。

「クラッセン殿、私にも鏡を作ってもらっても良いかな？」

俺は無言で了承した。

FAULTY SKILL

第13話

特異な錬金術

ALCHEMY WORKSHOP

集会所での宿泊に必要なものを一通り錬金術で揃えると、グレイグ・ターナーはパーシー・マクスウェルとクラーラ・サザーランドを伴ってルー・クラッセン、ジェシー・リンドとともに広場近くにある空き地へと向かった。

空き地に到着すると他の開拓村から来た村人たちまで交ざって彼らのことを遠巻きに見ている。

「随分と注目されているな」

他の開拓村の村人たちからすれば、話題となっている錬金術師と神官が揃っているだけでも気になるのに、領主が派遣した責任者と後任候補二人が一緒だというのだから、彼らに視線が集まるのも無理からぬことだろう。

「集中できないようなら人払いをしますが……?」

「大丈夫です」

グレイグの心配にクラッセンが笑顔で応えた。

「それじゃあ、早速お願いできるかな」

「村長の許可を先に取った方がよろしいのでは?」

クラッセンが錬金術で馬車小屋を作製するところを早く見たいと焦るパーシーを、クラーラが心配そうに見る。しかし、パーシーは「グレイグさんと私たち二人が許可したんだ、村長に許可をもらう必要はないだろ?」と笑顔で一蹴した。

それでもルー・クラッセンは視線でグレイグに確認してくる。

グレイグは力強く頷いて言う。

「問題ありません。馬車小屋と馬小屋の作製をお願いします」

「それでは馬小屋から設置します」

「ちょっとまってくれ。材料はどこにあるんだ?」

行き成り錬金術を始めようとするクラッセンにパーシーが驚いて聞いた。

グレイグたちは、集会所で様々なモノをアイテムボックスのなかにあるという材料で作製したのを目の当たりにしている。それでも馬車小屋一つをアイテムボックスの材料だけでまかなえるとは思えなかった。

「材料はアイテムボックスのなかにあるので問題ありません」

「馬車小屋一つ分の材料がかい?」

「馬車小屋を四つと馬小屋を三つ作ろうと思っています」

クラッセンはその材料すべてがアイテムボックスのなかにあるのだと告げた。

「からかっている、んじゃないよ、な……?」

「ご覧の通りです」

クラッセンはそう言葉にしながら、空き地の片隅に馬車四台が余裕で格納できるほどの馬車小屋を出現させた。

その馬車小屋を目の当たりにしたグレイグから三人だけでなく、遠巻きにしていた騎士たちや他の村からの来訪者たちも息を飲んだ。

静けさが辺りを支配した数瞬後、周囲の者たちから響めきが上がる。

「あっという間に馬車小屋ができたぞ！」

「噂以上じゃないか！」

「凄い錬金術師だってのは本当だったんだ！」

騒ぎだす他の開拓村の村人たちをグレイグはジェスチャーで押しとどめ、

「これだけのモノを作製したのですから、さすがに疲れたでしょう。静かなところで少し休みましょう」

と集会所へ戻るようながした。

しかしクラッセンは静かに首を振る。

「大丈夫です」

クラッセンが空き地に向かって再び意識を集中させると、次の瞬間、新たに三つの馬車小屋が出現する。

パーシーとクラーラが息を飲み、周囲の人たちが驚きの声を上げるなか、

「次は馬小屋を作ります」

とクラッセンが事もなげに言った。

彼のその言葉に錬金術を良く知る者たちは改めて息を飲む。

領内屈指の錬金術師でも最初に出現させた馬車小屋一つを作製するのに一時間以上かかる。まして、連続で作るなど不可能だった。それは錬金術師としての能力以前に魔力が不足するからである。

グレイグは眼前の青年の錬金術師としての能力と魔力量に改めて驚嘆する。

そして周囲の者たちが驚くなか、三つの馬小屋が同時に出現した。


支援物資が運び込まれたその日の夜。

外では支援物資を譲ってもらおうと集まった周囲の開拓村の人たちを交えての宴が催されていた。

その様子を集会所の二階の窓から覗いている者が三人。

この開拓村の領主代行の後任候補であるパーシー・マクスウェルとクラーラ・サザーランド、そして物資搬入の責任者のグレイグ・ターナーである。

「あそこで酔い潰れているのは村長じゃないのか？」

パーシーが呆れたようにため息を吐くと、グレイグが静かに肯定する。

「そのようですな」

「村長解任は正解のようだな」

つい先ほど、三人で話し合い、マッシュの村長解任を決めたところだった。

「ジェシー・リンド様は後任を快諾してくださるでしょうか……？」

「他に適任者がおりません」

任命すれば受けざるを得ないのだが、それでも納得して引き受けてほしいとの思いがある。

昼間、村長候補として二人の人物と会話をしていた。

一人はジェシー・リンドで、もう一人はドリス。

能力的には申し分ない二人だったが、おっとりした性格のドリスでは村人たちをまとめるのは難しいと判断した。その点、リンドは神官と言う職業もあって初対面でも敬われる立場にある。

「できれば、納得して引き受けて頂きたいです」

「温厚で面倒見の良い青年です。彼を村長とし、ドリスに補佐をさせればこの村は問題ないでしょう」

不安そうなクラーラにグレイグが言い切った。

「他の開拓村はどうするのですか？」

グレイグの言葉にクラーラが反応する。

パーシーにしてもクラーラにしても既に統治者代行として管轄している開拓村があった。

当然、そちらも気になる。

「ルー・クラッセン殿には他の開拓村の手助けをして頂きたいところですが……」

とグレイグが言葉を濁した。

「近隣の開拓村を幾つか統合することをお祖母様に相談してみようと思うんだけど、グレイグさんはどう思われますか？」

「賛成です」

パーシーの言葉にグレイグが即答した。

グレイグも同じことを考えていたのだが、そうなるとルー・クラッセンを手中にした後継者候補が抜きん出ることになる。

決して混戦状態とは言えない後継者争い。

既に幾つもの実績を残しているパーシーがルー・クラッセンを手中にすれば後継者としての地位は揺るぎないものとなるだろう。

クラーラがルー・クラッセンを獲得すればパーシーに並ぶどころか、半年と経たずに立場が逆転する可能性すらある。

たった一人の部外者の力で後継者問題が左右される。それは領主であるアンジェリカ・マクスウェルの望むところではなかった。

パーシーの案に賛成したグレイグだったが、懸念を顔に出して言う。

「マクスウェル家に対してあまり良い印象は持っていないでしょうから、慎重にことを進めないと彼を失うこととなるでしょう」

「シャーロット姉様も余計なことをしてくれたよな。いや、シャーロット姉様がバカなことをしてくれたお陰でこちらに可能性が回ってきたと考えれば感謝すべきか」

「ルー・クラッセン様は当家にお力添えくださるでしょうか……？」

三人の視線が一人の青年の上で止まった。

三人の脳裏に昼間の出来事が蘇る。

「素晴らしい錬金術でした。それに……随分と変わっていました」

ルー・クラッセン本人は、アイテムボックスのなかでしか錬金術が使えないのだ、と苦笑いを浮かべていたがそんなことなど問題にならない程の錬金術だった。

「まさか馬車小屋三つが完成品で飛び出すとは思わなかったよ」

パーシーの背筋に冷たい汗が流れた。

グレイグも同じ思いで頷きながら言う。

「聞けば村人の家屋のほとんどをアイテムボックスのなかで作成して完成品として出現させたそうです」

「私はそれほど多くの錬金術師を知りません。ですが、私の知る限りの錬金術師のなかでもクラッセン様は飛び抜けています」

王都で会談した国内でも五指に入ると言われている錬金術師たちの顔がクラーラの脳裏をよぎる。

しかし、その誰もがルー・クラッセンには遠く及ばなかった。

「ルー・クラッセン殿は特異な錬金術師であり、希有な能力を秘めた錬金術師であることは間違いありません」

グレイグは自分の言葉にパーシーとクラーラが頷くのを確認して続ける。

「最優先は彼を失わないことです」

「抜け駆けなんてするつもりはありませんよ。私はシャーロット姉様やブラッド兄さん、オズワルドのように利己的ではないつもりです」

パーシーは、大きな失態をして領主であるアンジェリカ・マクスウェルの不興を買った三人を引き合いに出した。

彼の実兄であるブラッドとクラーラの兄であるオズワルドは領都で享楽に興じ、開拓村を他人任せにしたことで早々に脱落をしている。そして、最も有力だと思われていた孫たちのなかでも最年長のシャーロットの失脚。

これで競争相手はまだなんの実績もない十四歳のクラーラだけとなった。仮にクラーラが次期当主となっても彼女と結婚すれば実質上の当主となる。

そして彼女の結婚相手の最有力候補が自分であることもわかっている。

パーシーにとって焦る要因はなかった。

余裕の笑みを浮かべて言う。

「相応の報酬を用意して、他の開拓村の充実に協力をしてもらいましょう」

「私もパーシー兄様の意見に賛成です」

クラーラはそう口にすると、躊躇うように続ける。

「あの特異な錬金術は秘密にしたほうがいいように思えます。そのことをクラッセン様にお伝えしなければ……」

彼女の声は震えていた。

FAULTY SKILL

第14話

魔物狩り、再び

ALCHEMY WORKSHOP

支援物資が届いた翌日。

俺はグレイグさんが率いてきた騎士団とともに森へと入っていた。騎士団に同行する村のメンバーはシャーロットの魔物討伐に同行したのと同じ。狩人のヴィムさんと冒険者である五人の少年少女、村でも数少ない攻撃魔法が使えるドリスとジェシーである。

「ご領主様直属の騎士団を派遣してくださるとはありがたいですね」

ジェシーが、前方を進むグレイグさん率いる騎士たちを見ながら言う。

グレイグさんが騎士を引き連れて開拓村を訪れた最大の目的は、魔物の討伐だった。

オーガは四、五体で群れを作ることが多く、前回討伐した三体の他にも生き残りがいる可能性が高いからだという。さらに、それまでの魔獣の目撃情報が大型の魔獣という情報だけなので、オーガ以外の大型の魔獣が生息している可能性もあるとして今回の騎士団派遣となった。

グレイグさんの話では、シャーロットのオーガ討伐の報告を聞いて、ご領主様が直々に騎士団派遣を即決したのだそうだ。

騎士団の人数が多かったのも、パーシーとクラーラの護衛を兼ねているからだけではなかった。

「噂通り、有能なご領主様のようですね」

「そのようだな……」

ジェシーの言葉に気のない相槌を打つ。

噂通り有能な領主なのはありがたい限りだが、父母との確執も噂通りなら迂闊に名乗り出られないよなあ……。

逃亡先に母の故郷を選んだのは母への郷愁もあったが、それだけではなかった。

錬金術師として力を付けた後で祖母に名乗り出て、実家であるブラント子爵家を取り返すために助力を請う、という考えがなかったと言えば嘘になる。だが、祖母と母の噂――、最愛の娘を奪ったブラント家を憎んでいるという噂を聞くと、それが難しいことを実感していた。

「どうしました？」

「いや、なんでもない」

俺は曖昧に答えて話題を逸らす。

「前回の轍《てつ》を踏まないためだろうけど、随分な人数を派遣してくれたな」

「あの騎士様たちは魔物討伐の経験も豊富ですよ」

ヴィムさんが言うには前回のシャーロット直属の騎士たちとは動きがまったく違うのだという。

「そうなんですか？」

「クラッセンさんは腕が立つのに、森の歩き方とかは素人ですよね」

「こら、ネリー口が過ぎるぞ」

「ごめんなさーい」

「いいんですよ、その通りですから」

弓の腕も、自己回復のスキルと錬金工房のスキルで魔法を付与した弓と矢のお陰なので、まさに彼女の指摘の通りなのだろう。

「周囲に魔物の気配はありますか？」

ヴィムさんが聞いた。

「こちらが大人数のせいか、我々に気付くと魔物の方が先に逃げていくようですね」

「さっきから魔物どころか動物も見ないものね」

のんきそうなネリーを横目に、ヴィムさんが絞り出すように言う。

「もう少し人数を絞るべきだったのでしょうか……」

「オーガの群れと遭遇しても勝てるだけの戦力となると、これくらいは必要でしょう」

意味ありげに後ろを振り返る。

前方よりは数は少ないが、騎士たちがパーシーとクラーラを守るように散開していた。

「パーシー様はともかく、まさかクラーラ様が魔物狩りに同行するとは思いませんでした」

「後任候補としては村で待っているわけにもいかなかったというところでしょう」

いざとなったら俺が守るつもりではいるが、そんな事態に陥らないことが優先だ。

俺は『索敵の指輪』をヴィムさんへと差し出す。

「これを差し上げます」

「これは！」

「索敵の指輪です。狩猟で役立つのは実感して頂けたと思います」

「そんな、頂けませんよ」

「大丈夫ですよ、まだありますから」

「そう言う問題では……」

「ジェシーも持っていてくれると助かる」

「では、お借りします」

ジェシーがあっさりと受け取ると、ヴィムさんもそれ以上拒むのをやめた。遠慮がちに索敵の指輪を嵌める彼をネリーが羨ましそうに見入る。

「ねね、お父さん。少しだけ貸してくれない？」

「これは預かり物だ」

「それはヴィムさんに差し上げたモノです」

そう言って俺はもう一つの索敵の指輪をネリーに差し出す。

すると彼女が驚いて俺を見た。

「え！　貸して頂けるんですか」

「あげるよ」

「で、でも、こんな高価な物を……」

「パーティーで活動するときにそれがあれば、生存確率が上がる」

先に魔物を発見できれば、アーマードベアに襲われた時のようなことにはならないだろう。

「ありがとうございます！」

「言っておくけど、無茶をしないための道具だからね」

「はい！　ブライアンたちにも良く言って聞かせます」

村で冒険者登録をしているのはブライアンをリーダーとしたユーイン、ダドリー、カール、そしてネリーの五人。

年少組のネリーとカールの二人の方が慎重さはあった。

「年長組をしっかりとコントロールしてくださいね」

俺が飲み込んだ言葉をジェシーが言った。

そのとき、前方を進んでいるグレイグさんに呼ばれたので、そちらへと走る。彼の下へと到着すると「申し訳ないが」と言って話し出す。

「クラッセン殿にはクラーラ様の護衛をお願いできないだろうか？」

「構いませんが」

ここまでクラーラとパーシーの護衛をしていたのはグレイグさんと騎士二人。それだけでは不足だと判断したのだろうか？

俺が疑問に思っているとグレイグさんが、

「パーシー様と我々は先行するのでクラーラ様の護衛をお願いします」

と、理由を口にした。

「そういうことですか。お任せください」

「よろしく頼みます」

「子どものお守りをさせちゃって悪いね」

パーシーのからかうような言葉を聞き流したクラーラが、小さく頭を下げる。

「クラッセン様、ご迷惑をお掛けしますがよろしくお願いいたします」

「こちらこそよろしくお願いします。でも、私なんかで良いんですか？」

「先のオーガ討伐の出来事はグレイグ様から伺っておりますし、国境目前の盗賊撃退の手腕はこの目で見ています」

「盗賊撃退のときのお話なら、クラーラ様の攻撃魔法も素晴らしいものでした」

盗賊が隠れる小屋を一撃で吹き飛ばした彼女の火魔法が脳裏に蘇る。あの破壊力の火球が頭部に命中すればオーガでも一撃で仕留められそうなものだった。

しかし、彼女の反応は芳《かんば》しくない。

「まだ制御に不安がありますから、味方が大勢いる場面では使えないのです……」

そう言って恥ずかしそうに俯く。

その傍らでパーシーがおどけたように肩をすくめた。

その表情はクラーラの攻撃魔法が敵味方入り乱れての戦いにおいて、実用に耐えられないものだと物語っているようだ。

「そう言うことですからクラーラ様の攻撃魔法はあてにせずに護衛をお願いします」

グレイグさんはパーシーを軽く睨み付けると俺に向かってそう言った。

「わかりました。そういうことでしたらクラーラ様の側を離れないようにしましょう」

「よろしく頼むよ」

パーシーはそう言うと、グレイグさんと二人の騎士を連れて最前列へと向かって歩き出した。彼らが最前列の部隊を抜き去り、さらに先へと向かう姿を見ているとクラーラが消え入りそうな声で囁く。

「ご迷惑でしたよね……」

「気にしないでください」

それだけ口にし、少しのあいだ無言で歩いていると、クラーラが聞いてきた。

「クラッセン様はリント市のご出身でしたよね？　どの辺りにお住まいだったのですか？」

「リント市の貧しい家で育ちました。リント市にいたのは十二歳の祝福の儀式までです。錬金術のスキルを授かって、直ぐに親戚の伝手でブリューネ王国の片田舎にある錬金術師の下に弟子入りしたのでリント市の記憶はあまりありません」

弟子入り後の修行の記憶が強く、子どもの頃の記憶が不鮮明であると告げた。

俺の母がマクスウェル辺境伯の長女であることを知られるリスクは極力減らしたいからな。

「リント市のお話ができると思っていたのに、残念です」

「ええ」

「リント市が懐かしいですか？」

懐かしむような表情で微笑むと、彼女はリント市での思い出を語り出した。

「私も十二歳までリント市にいました。中央広場に市《いち》が立つと母に連れられて買い出しに行きました。大きくなってからは、弟や妹たちを連れてよく散歩をしていました」

彼女は中央広場が自分たち姉弟の遊び場だったのだと微笑む。

中央広場か……。

ブラント家の屋敷は中央広場から一キロメートルほどしか離れていない。これは本当にどこかですれ違っていても不思議じゃないな。

「お兄様がいらっしゃることは伺っていましたが、弟さんや妹さんもいらっしゃったんですね」

グレイグさんから、クラーラはマクスウェル辺境伯の末娘の長女で、上に兄がいるとだけ聞いていた。

「え……？」

一瞬、彼女の顔が曇った。

「あの……」

「ご存じなかったのですか……？」

「と言うと？」

「私はお祖母様の……、マクスウェル辺境伯の本当の孫娘ではありません。遠縁の……、血縁とは呼べないような遠縁の親戚なのです」

「知らなかったとは言え、失礼なことを聞いてしまい申し訳ありません」

「有名な話なので、皆さんご存じだと思っていました」

と寂しそうに笑った。

俺が黙っていると、彼女がポツリポツリと話し出した。

貴族とは名ばかりの没落した貧しい家庭に生まれたのだという。

十二歳の祝福の儀式で彼女は三つの属性魔法——、土魔法と水魔法、火魔法のスキルを授かった。

それはどれも戦闘で有用なスキルである。

将来は魔術師団や宮廷魔術師も望めるのでは、と彼女の両親は歓喜したそうだ。家族親戚はもとより近所の人たちまで盛大にお祝いしてくれた。

その噂は祖母の故郷であるシェラーン王国のマクスウェル領まで届く。

遠縁とはいえ血縁である。二つの国と魔の森と隣接する領地を持つマクスウェル家としては、喉から手が出るほど欲しい人材だったのだろう。

マクスウェル辺境伯の使者が彼女の家を訪れるのに時間はかからなかった。その使者は多額の仕度金と、彼女をマクスウェル辺境伯の後継者候補の一人として迎えたいという主旨の手紙を携えていた。

突然拓けた娘の未来。

彼女本人も彼女の家族も複雑な思いはあっただろう。しかし、マクスウェル辺境伯直々の要請とあれば断れるわけもない。

一週間後には生家を後にしていたと語った。

「寂しかったよね」

「私もまだ子どもでしたから家族と別れるのは寂しかったです。ですが、悲しくはありませんでした」

「強いな」

「誰もが羨むような未来ですよ」

「それでも強いよ……。俺なんか」

そこまで言って言葉を飲み込むと、クラーラが興味深そうに聞いてきた。

「俺なんか、どうしたのですか？」

「なんでもない」

「言いかけてやめるのはよくありませんよ。それに私が話したのですから、クラッセン様も話してください」

少し、ツンとした口調だ。

彼女の口調と興味深げな表情のアンバランスさに笑いが込み上げる。すると、「レディーに対して失礼ですよ」と小さく頬を膨らませた。

大人びた話し方をするけれど、こういうところはまだまだ子どもだな。

「俺の両親は俺の祝福の儀式のあと、程なくして死んだんだ」

「ごめんなさい」

俺は「気にしないで」と言って話を続ける。

「両親の死はショックだったし、しばらくは放心状態だったのは確かだ。でも、いつまでも引きずってはいられないからね」

「強いですね」

「強くはないよ。クラーラ様の年齢の頃は、両親の死からまだ立ち直れずにいたよ」

そのとき、前方から駆け寄ってきた騎士がクラーラに言う。

「オーガです。後方にお下がりください」

「オーガの数と位置はわかりますか？」

「申し訳ございません。パーシー様の部隊が発見したのですが、細かなことは……」

「オーガはここから七百メートルほど前方です。数は二体です」

言葉を濁す騎士の後に続くように告げ、

「たったいま、索敵の指輪で確認しました」

と左中指に嵌めた指輪を二人に見せる。

クラーラは「感謝します」と小さく頷き、前方に向かって駆けだした。俺も彼女と並走するように走っていると、後方から騎士の声が届く。

「パーシー様から、クラーラ様には後方に下がるようとのことです」

「まだ距離があるのでしょう？　私の攻撃魔法で先制攻撃を仕掛ける余裕があるはずです」

「魔物との戦闘経験は？」

「先の盗賊との戦いが五回目でした」

クラーラに聞くと間髪を容れずに答えが返ってきた。

俺の方がマシなくらいか。

そうなると攻撃魔法の制御以前に連携は難しい。

「パーシー兄様！」

クラーラが前方にパーシーの後ろ姿を見つけた。

前方、樹木の隙間から一体のオーガが見える。

索敵の指輪を再度発動させるとそこからさらに百メートルほど離れたところ――、樹木の陰に二体目のオーガがいるのがわかった。

　二体のオーガは既にパーシーたちに気付いているのだろう。立ち並ぶ樹木を利用して少しずつ距離を詰めているように見える。対してパーシーたちも散発的な攻撃を仕掛けつつ、樹木を利用して挟撃されない位置へそれぞれのオーガを誘導している。

　マクスウェル辺境伯家直属の騎士だけのことはある。シャーロットの率いてきた騎士たちとは大違いだ。

「グレイグ様、パーシー兄様、射線を確保してください！　火球で攻撃します！」

　先ほどまでの優しげな声ではなく凛とした声が響いた。

「クラーラ様、火球はダメです！　樹木に阻まれて破片が周囲に飛び散ります」

「下がっていろと言っただろ！」

　すかさずグレイグとパーシーがクラーラを制した。

　その声にクラーラの足も止まる。

「すまないが、ここは私に手柄を譲ってくれ！　私は後継者となったお前の夫になりたいのではなく、自らが後継者となってお前を妻に迎えたい」

　パーシーが極上の笑みを浮かべてクラーラを見つめた。

　何を言っているんだ？

　突然のお花畑発言に理解が追いつかない。

「パーシー様、いまは眼前のオーガに集中してください」

「そうだったな」

「クラーラ様もお下がりください。あなた様のお手を煩わすほどのことはありません」

オーガ二体くらい自分たちだけで十分だ、とグレイグが言い切った。

そこにパーシーも続く。

「そこで私の活躍を見守っていろ」

「お二人がそう言うのでしたら」

クラーラはどこかホッとしたような様子で樹木の陰へと身を隠した。俺も彼女の傍らへと移動する。

緊張した様子でグレイグさんたちの動向を見守るクラーラに聞く。

「本当は魔物相手でも戦いたくないんじゃないですか?」

「魔物と隣国からの脅威から領民を守るのは領主一族の義務です。戦いを好みはしませんが、拒むこともしません。必要なら先陣を切って戦うつもりです」

そう言ってクラーラが唇を引き締めた。

二体のオーガとグレイグさん率いる騎士たちとの距離がジワジワと縮まっていく。

「オーガも樹木を上手く利用しているな」

「あれほど知性の高い魔物だとは思いませんでした」

俺のつぶやきにクラーラが答えた。

前回、俺も三体のオーガと戦ったが、ここよりも随分と拓けた場所だったのと、何れも火魔法を付与した矢で膝を射貫いて動きを止めただけ。

それ以降はシャーロット率いる騎士たちに任せたので、オーガも知恵の使いどころがなかったようだ。

先行するオーガとの距離が百メートルを切ったところで火球がオーガの顔面に直撃し、オーガの咆哮と騎士たちの歓声が上がる。

「パーシー様の火球が直撃したぞ！」

「この隙を逃すな！　攻撃を集中しろ！」

騎士の感嘆の声に続いて、グレイグの指示が飛ぶ。

咆哮を上げてくずおれるオーガに、騎士たちの攻撃魔法と弓矢による攻撃が集中する。

いまの火球がクラーラだったらオーガを一撃で倒していたかも知れない。少なくとも戦闘力を大幅に奪うことはできただろう。

それほどの差があった。

クラーラもそれがわかっているからなのだろう。もどかしそうな表情で戦闘の成り行きを観ている。

「クラーラ様も後継者を目指しているんですか？」

「お祖母様には好くして頂いているので、期待には応えたいと思っています」

「シャーロット様とは違うと言うことですか？」

空回りしていたシャーロットの貪欲さを思いだす。

「シャーロット姉様は後継者候補のなかで最も攻撃魔法に優れていましたし、気性も戦闘に向いていていました。ですから……、領主としての適性はとても高かったと思います」

それにも関わらず、いつまでも後継者候補として競争のなかにおかれているところに、新たに年若い後継者候補としてクラーラが加わったことが焦りとなったのか。新たに加わったクラーラが孫ではなく、遠縁の血筋というのも焦りに拍車をかけたのかも知れないな。

「クラッセンさん、もう少し下がった方が良くありませんか？」

ジェシーだ。

振り返るとドリスさんとブライアンたちはヴィムさんの指示の下、最後尾で周囲の警戒に当たっていた。

「最後尾の騎士たちは？」

「大きく迂回して二体目のオーガに側面から攻撃を仕掛けるようです」

ジェシーはそう答えると、戦いが始まって直ぐに後方と周囲の警戒をヴィムさんに託して移動を開始したのだと感心したように付け加えた。

「大型の魔物でなければ任せても大丈夫だと判断したということか」

「前回の我々の戦いをグレイグさんから聞いての判断でしょう」

「随分とあてにされたものだな」

「期待されるのですから、私は悪い気はしませんよ」

苦笑する俺とは違って、ジェシーは軽い口調で言い切った。

そして背後を振り返りながら言う。

「期待されると人は頑張ります。頑張れば成長もします。特に若い人たちはその成長も著《いちじる》しいでしょう」

ジェシーの視線の先にはブライアンやネリーがいた。

「年寄り臭いことを言うんだな」

「年寄り臭いは酷いですね。せめて説教臭いとか言ってくださいよ」

「説教臭いならいいのか？」

「ええ、神官ですから」

そのとき、二つのオーガの咆哮が森のなかに響き渡る。一つは悲鳴のような咆哮、もう一つの咆哮は怒りに満ちたものだった。

「パーシー兄様が、最初に攻撃を仕掛けたオーガを仕留めたようです」

樹木の陰から戦いの様子を伺っていたクラーラが身を乗りだした。

すると、もう一つの咆哮は迂回した騎士たちが二体目のオーガに攻撃を仕掛けたのか。

索敵の指輪に魔力を流し込むと、たちまち周囲の様子が頭のなかに浮かぶ。たったいま、オーガを倒したグレイグさんの部隊は迂回した騎士たちともう一体のオーガを挟撃できる位置へと素早く移動していた。

「私の位置からではよくわかりませんでしたが、グレイグさんたちはどんな戦い方をしていましたか？」

とジェシー。

パーシーの火球を皮切りに攻撃魔法と弓矢による遠距離攻撃でオーガの動きを止めると、その後も遠距離攻撃を中心に攻撃を組み立てていたこと、仕留める直前になるとそこに投げ槍が加わったこと、そしてとどめはパーシーの火球だったことを伝えた。

「それはまた随分と手際がいいですね」

「安心して見ていられたよ」

「それならもう一体も時間の問題でしょう」

ジェシーの言葉通り、騎士たちに挟撃されたオーガは早々に膝を突き、ロープで絡め取られて身動きできない状態となっていた。

「これで後は正体不明の大型の魔物がいなければ討伐終了ですね」

クラーラが安堵の表情を浮かべる。

「大型の魔物はどのくらいの日数探す予定ですか？」

「最優先は残存するオーガの確認と討伐でした。正体不明の大型の魔物の捜索については、明確な予定が組まれていなかったので私もよくわかっていません」

その辺りのことはグレイグさんとパーシーが決めるのだと言った。

オーガを討伐した翌日――、オーガ討伐と正体不明の大型の魔物を捜索し始めて四日目。
パーシー率いる騎士の半数が俺とジェシー以外の村人を率いて帰還することとなった。理由は討伐した二体のオーガを先に村へ持ち帰るためである。

討伐目標は二体のオーガだけでなく、正体不明の大型の魔獣もだったのだが、ここまで遭遇するところか痕跡も見当たらなかったこともあり、この決断となった。

残されたグレイグ、クラーラ組は周囲を索敵しながら、大型の魔獣の痕跡がないかを捜しながらの帰路である。当然、先行するパーシー組との差は瞬く間に開く。索敵しながらの俺たちは、来るとき半日と掛からずに進んだ距離を丸一日かけて進んだ。

夜営の用意を終えようとしているところにグレイグさんが話しかけてきた。

「クラッセン殿、本当に助かります。それにしてもクラッセン殿のアイテムボックスは素晴らしい」

「皆さんのお役に立てて光栄です」

夜営に必要なテントとベッド、机や椅子などを錬金工房のなかから取り出して適切な場所へと配置していく。最後にテーブルとその上に食材や調理道具を並べた。

俺の仕事が一段落すると、再びグレイグさんが話し出す。

「クラッセン殿から貸与頂いた索敵の指輪の効果範囲の広さと正確さには驚かされました」

低下した索敵能力をカバーするため、俺は自作の索敵の指輪をグレイグさんとジェシーに渡していた。もちろん、自作であることは伏せている。故郷を出るときに付与術師である友人から貰ったものと言うことにしていた。

「お役に立てたなら何よりです」

「本気で仕官を考えてはどうでしょうか？」

「シャーロット様のところへ仕官するくらいなら他領へ行きますよ」

俺の言葉にグレイグさんが苦笑いを浮かべた。

「仕官先はシャーロット様ではなく、パーシー様かクラーラ様のところなので安心して下さい」

「ありがたいお話ですが、いまは開拓村の皆さんの役に立ちたいという想いの方が強いので遠慮させて頂きます」

祖母であるアンジェリカ・マクスウェル辺境伯家への直臣としての仕官であっても、いまは開拓村の村民という自由な立場で錬金術師としての腕を上げたいというのが本音だ。本格的に商人としてやっていくにしても仕官するのにしても、錬金工房をもっと使いこなせるようになってからでも遅くないだろう。

「それは残念ですが、他領へ行かれるよりは開拓村にいてもらえる方が私としても嬉しいです」

「無茶苦茶な要求さえされなければ、当分の間は開拓村にいるつもりです」

「これは参りましたな」

苦笑いするグレイグさんに、先日のオーガ討伐で疑問に思ったことを聞いてみることにした。

「オーガとの戦闘でクラーラ様を外したのは経験不足からですか？」

あのときの騎士たちの動きを見ればわかる。クラーラの戦闘経験が浅くともグレイグさんたちなら充分にカバーできたはずだ。

それでも敢えてクラーラを外したと言うことは、パーシーの手柄にしたかったということなのかも知れない。

「今回のオーガ討伐でパーシー様には手柄を立てて頂きたいのです」

グレイグさんは悪びれることもなく言い切った。

「後継者候補の筆頭がシャーロット様からパーシー様へ代わったと言うことですか？」

「ご当主様の思惑がどこにあるのかは私にはわかりませんが、いまはパーシー様に手柄を立てさせよとの指示がありました」

「クラーラ様も可哀想に」

「誤解のないように言っておきますが、クラーラ様が同行したのは手柄を立てるためではなく、学んで頂くためです」

「悠長に学んでいては取り返せないような差が付くでしょう。親族とはいえ家族から離れて異国へ養女としてやってきた少女には、少しばかり酷に思えました」

「クラーラ様に随分と同情的ですね」

「同情ですか？」

「ええ」

「そうですね……。そうかも知れません」

そう口にした瞬間、俺は家督と両親を失った自分をクラーラに重ねているのかも知れないと思った。

「現状ではクラーラ様は後継者候補としては次点であることは確かです。しかも、属性魔法のスキルや人となりを鑑みれば、近い将来最有力候補となるのは間違いないでしょう。ご当主様が決断し、サザーランド家の養女として迎えたのですから、クラーラ様にも大きな期待が掛けられています」

「そんなことを一介の領民に話してもいいんですか？」

「噂という形で知れ渡っている周知の事実ですから構いませんよ」

グレイグさんはそう言うとさらに続けた。

マクスウェル家の後継者候補は五人。

亡き長男の一人娘であるシャーロット。

亡き次男の二人の息子。ブラッドとパーシー。

亡き次女の一人息子であるオズワルド。

そして、亡き次女の家に養女として迎え入れたクラーラ。

「クラーラ様が正式に後継者となった場合、ブラッド様、パーシー様、オズワルド様の何れかを婿《むこ》として迎え入れる。他の方々が後継者となった場合でも、クラーラ様は独立した男爵家を持たせて頂けることになっています」

「パーシー様は当主となったクラーラ様と結婚するのではなく、ご自身が後継者となりクラーラ様を娶ると言っていましたが？」

「クラーラ様はお美しいし、希有な能力をお持ちだ。配下とするよりも妻としたいとお考えになられても不思議はないでしょう」

婚姻に関しては家門の都合は無視して構わない。つまり、クラーラの希望を尊重するとの約束のもと養女となったのだそうだ。

「ご本人が望まなければ妻にならずに男爵家の当主となれるのですか？」

「ご当主様はそのようにお約束しました」

マクスウェル辺境伯が健在なうちは約束が守られるが、何かあったらそれもどうなるかわからないということか……。自分の知らないところで運命が決められる。

そんなところもまるで少し前の俺だな。

そんなことを考えていたとき、不意にシャーロットの不利に気付いた。

「それだとシャーロット様が不利ですよね」

男性の孫たちは、たとえ自分が後継者となれなくてもクラーラが後継者となればその伴侶となることで実権を握ることができるが、女性であるシャーロットは自力で後継者となる以外方法がない。

「後継者となるのは確率ではありません。能力と人となりが大切なのです」

いや、シャーロットからすればそんなことで納得できないだろう。クラーラが現れるまでは条件が一緒。それどころか年長者であることで早くから実績を重ね、スキルに恵まれたシャーロットが優位だったのは想像に難くない。

クラーラが現れたことで状況が一変したのか……。

「シャーロット様が銀髪に琥珀の瞳を嫌うのは、もしかしてクラーラ様も原因の一つですか？」

俺の疑問に「それは違います」と笑って説明を始めた。

「他国出身のクラッセン殿は知らないのも無理はありませんが、マクスウェル家の歴代の当主を振り返ると銀の髪と琥珀の瞳を持った当主の代が栄えているのです」

「偶然でしょ？」

「少なくとも、銀の髪と琥珀の瞳を持つ者の魔力量が、そうでない者よりも多かったのは間違いありません」

「魔力量が多かったから領地を守り発展させられたというなら、理由付けにはなるでしょう。それでも迷信の域を出ません」

「しかし、その迷信を信じている領民が多いのも事実です。銀の髪に琥珀の瞳の迷信を信じる領民が多ければ、自然と次代の領主も銀の髪と琥珀の瞳を望みます」

銀の髪と琥珀の瞳を持つ後継者候補はクラーラ一人。シャーロット以外の後継者は瞳の色こそ違えど、全員銀の髪なのだと言った。

グレイグが続ける。

「瞳の色は遠目にはわかりませんが髪の色は一目でわかります」

後継者候補として姿を現したシャーロットの金髪を見て、多くの領民が落胆していた。それがシャーロットのコンプレックスとなっていた。そこへ彼女を凌駕するスキルを授かった銀の髪と琥珀の瞳を持ったクラーラがサザーランド家の養女となり、後継者候補となったことでコンプレックスに拍車が掛かったのか。

「クラーラ様への当たりは強かったでしょうね」

「そうですね」

他の後継者候補がシャーロットを蹴落とすためにコンプックスを煽ったことで、益々重傷化したのだとグレイグさんが溢した。

「そのとばっちりを受けたのが俺ですか？」

「同情します」

「なんの慰めにもなりませんよ」

その後、俺とグレイグさんは少しのあいだ雑談を交わして、それぞれの持ち場へと戻った。


パーシー組と別れて二日目。

前日同様、大型の魔物の痕跡を捜しながら進んでいると、先頭を進むジェシーの足が止まった。何かあったのかと問う間もなく、慌ててこちらへと戻ってくる。

「グレイグ様まで……。何かあったのでしょうか？」

不安そうに声を上げるクラーラの視線の先を見るとグレイグさんが騎士たちに集まるよう合図を出していた。

何かあったのか？

俺は改めて索敵の指輪に魔力を流した。

頭のなかに周囲の地形と動く何かがシルエットとなって浮かび上がる。

魔物か！

大きさは人間くらいで数は二十四、全ての個体が剣や弓矢と思しき武器を装備していた。武器や防具を装備する魔物は限られている。この辺りで見かける武器を装備する魔物はゴブリンとオークだけだった。しかし、ゴブリンにしては大きいし、オークにしては小さい。

新手の魔物か、ゴブリンの変異種あたりだろうか。何れにしてもここはグレイグさんの判断を仰ぐしかない。

駆け寄ったグレイグさんが、同様に走ってきたジェシーに聞く。

「リンド殿も感知しましたか？」

「はい、人型の魔物を感知しました。数は十一匹までは確認したのですがそれ以上はわかりませんでした」

「こちらも似たようなものです」

薄々感づいてはいたけど、同じ魔道具を装備しても、俺の方が高い効果を発揮するのは間違いなさそうだ。思い当たる理由は魔力量くらいだ。

いや、それよりもいまは迫っている脅威への対応だ。

駆け寄るグレイグさんとジェシーに言う。

「こちらでも確認しました。人間と同程度の大きさで剣や弓矢で武装しています。数の方はハッキリとはわかりませんでした」

「装備している武器の種類までわかるのか」

グレイグさんが驚きの声を上げた。

クラーラや他の騎士たちも同様に驚いている。平然としているのはジェシーだけだった。

「明確にはわかりません。形状がぼんやりと浮かび上がっただけです」

装備している武器までわかることを伝えたくはなかったが、それが原因で飛び道具による不意打ちをくらっても寝覚めが悪い。

「それでも敵が所持している武器の種類がわかるのはありがたい」

「少し戻ったところに守りやすそうなところがありましたね。そこで迎撃しませんか？」

ジェシーが大木の密生している場所へ戻ることを提案すると、グレイグさんも小さく頷いて「好い案です」と賛成した。

クラーラもグレイグさんの目を見て頷く。

「では、そこへ戻って迎撃態勢を整えましょう」

彼女の号令一下、俺たちは直ぐに動きだした。

目的地に到着して十分余。

二十四の魔物がこちらを包囲するように半円状に広がって距離を詰めてきた。

「気付かれましたね」

「まさか索敵能力がある魔物とはな」

ジェシーとグレイグさんの言葉で、正体不明の人間型の魔物がこちらを包囲しつつあることに全員が気付いた。

「戦闘は避けられませんね……」

クラーラが震える声でつぶやいた。

「いや、避けられるかも知れません」

「どういうことですか？」

俺の言葉にジェシーが不思議そうに聞いてきた。

「いま、チラリと見えましたが彼らは魔物じゃなく人間です」

「冒険者ですか？」

「装備がバラバラだったので騎士ではなさそうです」

盗賊という可能性はあるが、それでも言葉が通じるのだから戦闘を回避することも可能なはずだ。

安堵する俺にグレイグさんが厳しい視線を向けた。

「冒険者なら問題ないが、盗賊だったら即時戦闘を開始します。楽観的なのを責めるつもりはありませんが、ここにクラーラ様がいることを忘れないようお願いします」

グレイグさんを始めとした騎士たちにとって彼女は守るべき存在だった。

俺もグレイグさんから直々に護衛を任されている。

「申し訳ありません。もう少し慎重になります」

「グレイグ様、人影が見えました。間違いありません、人間です」

騎士の一人がグレイグさんの耳元で囁いた。

すると、グレイグさんは小さく首肯してクラーラに話しかける。

「クラーラ様、冒険者と思しき者たちと接触を試みたいのですが、よろしいでしょうか？」

「お願いします」

緊張からか声が僅かに震えている。

「こちらはマクスウェル辺境伯家の騎士団長であるグレイグ・ターナーだ！　責任者はクラーラ・サザーランド！　そちらの身分をお教え願いたい！」

森のなかにグレイグさんの呼びかけが響いた。

「グレイグ？　グレイグなのか？」

聞き覚えのある凛とした女性の声が響く。

まさか……。

「シャーロット姉様ですか？　私です、クラーラです！」

「私だ！　シャーロットだ」

その言葉とともにシャーロット・マクスウェルが姿を現した。彼女に続いて二十人の冒険者風の男たちが姿を現す。

よりによって彼女に出会うとは俺も運が悪い。

「グレイグさん、俺はいないことにしてもらって構いませんか？」

「わかりました」

「ありがとうございます」

「クラッセン殿はクラーラ様と一緒に木陰に隠れていてください」

「クラーラ様、こちらへ」

なおも身を乗りだそうとするクラーラの肩を抱きかかえるようにして、密集している大木の陰へと身を潜め、僅かな隙間から覗き見る。

「シャーロット様が何故こちらへ？」

「汚名を雪ごうと思ってな」

グレイグさんが責めるような口調で問うと、ふてぶてしい口調でシャーロットが返した。口元には薄らと笑みすら浮かべている。

「ご当主様から直属の親衛隊の解散と、シャーロット様ご自身も謹慎を言い渡されていたはずですが？」

「だからこうして冒険者を雇ったのだ」

彼女の周囲に集まっている男たちを一人一人観察すると、誰もがそれなりに高価な武器や防具を装備しているように見える。少なくとも駅馬車で一緒になった冒険者の誰よりも装備にお金を掛けているようだ。

謹慎中の身でありながら高ランク冒険者を二十人も集められるのか。

改めてシャーロットの財力と行動力には驚かされる。

「謹慎はどうされました？」

「手柄を立てて帳消しにする」

グレイグが溜息を吐いた。

「帳消しにできるほどの成果をどうやって上げるおつもりですか？」

「オーガと正体不明の大型の魔獣を討伐すれば充分だろう」

グレイグとシャーロットが不毛な会話を続けるあいだ、俺は冒険者たちの位置と装備を確認していた。

すると、一人の男性が装備する短剣に俺の目がクギ付けとなった。

あれは追跡の短剣？

何故あの短剣を持っている冒険者がいる？

馬車に放り込んだ短剣を拾っただけの、手癖の悪い冒険者なのか？　それとも俺を追跡する暗殺者なのか？

後者だとしたら最悪だ。

俺が開拓村にいるとわかって追ってきたのか？　それとも母の故郷ということで当たりを付けてここへ来ているのか？

様々な疑問と不安が頭のなかで渦巻く。

暗殺者だとしたら、俺の顔を知っている可能性が高い。

何れにしても警戒は怠らないようにしよう。

「クラッセン様？」

傍らのクラーラが俺の顔を覗き込んで言う。

「お顔が真っ青です」

「少し疲れただけです」

クラーラにそう言うと、俺はジェシーを手招きした。

「どうしました？　顔色が悪いですよ」

「顔色は忘れてくれ。それよりもグレイグさんに言伝を頼みたい」

「この距離で？」

と不思議そうな顔したが、「この距離で、だ」と真剣な眼差しで頼むと、何かあると思ったのか直ぐに承知してくれた。

「わかりました。それで言伝の内容は？」

そのとき、シャーロットの声が言葉となって俺の耳に届く。

「情報交換をしたい。雇った冒険者と一緒にそちらへ向かうがいいか？」

まずい！

俺は急いでジェシーに伝言を告げる。

「シャーロット様の右隣に立っている男が見えるか？」

ジェシーの視線が追跡の短剣を腰に帯びた若い冒険者に止まる。

「ご婦人が騒ぎだしそうな容貌の冒険者ですね」

「確信はないが暗殺者の可能性がある」

「え？」

ジェシーが驚きの声を上げ、何を言っているんだ、とでも言いたげな表情で俺を見た。

傍らのクラーラも驚いた表情で俺を見上げている。

「俺の記憶が間違いなければ暗殺者だ」

「訳ありということですか……。わかりました」

暗殺のターゲットが俺自身であることは伏せたが、ジェシーは何かを察したように余計なことは聞かずに小さく頷いた。

「シャーロット様だけ許可します」

「何を怯えているんだ？」

シャーロットはグレイグさんの言葉を聞き流してゆっくりと踏み出す。彼女の動きに合わせて周囲の冒険者たちも半円状の包囲を狭めるように等間隔に近付いてきた。

「繰り返します。お連れになった冒険者たちに歩みを止めるよう指示してください」

「グレイグ、相変わらず堅いな」

それを見ていたジェシーが急いでグレイグさんの下へと駆け寄る。

そして耳打ちをした。

よし、伝わった。

顔色を変えたグレイグさんが一際大きな声で警告を発した。

「シャーロット様！　こちらにはクラーラ様がいらっしゃいます。冒険者を不用意に近付けられては困ります！」

「グレイグ、いい加減にしないと私も怒るぞ！」

「そこで止まってください」

「離れて大声で話せというのか？」

会話の間もシャーロットと二十人の冒険者たちの歩みは止まらない。

双方に異様な緊張感が漂う。

「クラーラ様、万が一の場合、弓矢を使います」

震える手で俺にしがみ付いていた彼女の手を優しく引き剥がす。一瞬、怯えたような表情を浮かべたが直ぐに唇を引き結んで力強く頷いた。

「そうですね。邪魔でしたね」

「不安でしょうがお任せください。あなたには指一本触れさせません」

「クラッセン様を頼りにさせて頂きます」

異様な雰囲気に恐怖したのだろう。クラーラはそう言いながら、震える手を胸の前で組んだ。

「シャーロット様！　冒険者たちをそれ以上近付けるとこちらも相応の対処をします！」

グレイグさんが怒気を孕んだ言葉を投げつけると、シャーロットは観念したように両手を軽く挙げる。

「わかったよ。ここまでだ」

次の瞬間、幾つもの攻撃魔法が放たれた。

土の弾丸、水の刃、火球。視認できる三つの属性の攻撃魔法がグレイグさんと騎士たちを捉える。

倒れ込みながらグレイグさんが声を上げる。

「応戦しろ！　クラーラ様をお守りするんだ！」

「皆殺しだ！　クラーラを、銀髪の小娘を絶対に逃がすな！」

シャーロットの号令にクラーラの顔が蒼白になった。

戦闘になったら追跡の短剣を持った冒険者を真っ先に仕留めるつもりだったが、そこまでの余裕は与えてくれないようだ。

俺は攻撃魔法を次々と繰り出す冒険者を優先して矢を放った。一人また一人と矢が命中し、みるみる攻撃魔法の手数が減っていく。

「銀髪か！」

鬼の形相でシャーロットがこちらを睨み付けた。

傍らでクラーラが声にならない悲鳴を上げる。

「頭を低くして隠れていて！」

「はい！」

震えて地面に伏せた。

強力な攻撃魔法の使い手ではあっても、そこは戦闘経験の少ない年端もいかない少女だ。むき出しの殺意を向けられれば恐怖する。

「あの大木の陰に銀髪の小娘と銀髪の男がいる！　二人を殺した者には報酬をはずむぞ！」

シャーロットの一言で攻撃が俺とクラーラに集中する。

降り注ぐ矢と魔法攻撃のなか、追跡の短剣を所持していた男を捜すが、見つからなかった。

少なくとも俺は仕留めていない。

「見失ったか！」

相手は暗殺者だ。

他の冒険者と同じような攻撃をしてくるとは思えない。

俺は暗殺者による不意の攻撃を警戒しながら、再び弓矢を射る態勢をとる。攻撃魔法を放とうとしている冒険者に狙いを定めようとしたそのとき、冒険者たちの間から悲鳴が上がった。

続いて、彼らの背後から巨大な影が飛びだした。

赤と黒の巨大なクモだ。

怖気が全身を襲う。

突然現れたクモの魔物は、冒険者たちを次々と襲いだした。

悲鳴を上げて逃げ惑う冒険者たち。

シャーロットの甲高い悲鳴が響く。悲鳴の方向へ視線を向けると、彼女の身体に巨大なクモが覆い被さっていた。

「イヤー！」

「シャーロット様！」

「シャーロット姉様！」

彼女を心配する声はグレイグさんとクラーラの二つ。

グレイグさんがシャーロットに覆い被さっているクモの魔物に向かって魔法を放った。不可視の攻撃魔法がクモの足の一本を切断する。

それでもクモの動きは止まらない。

「クラッセン様、シャーロット姉様を助けてください！」

恐怖に震えながらクラーラが懇願した。

「クラーラ様は伏せていてください！」

それだけ言うと、俺は大木の陰から飛びだしてクモの魔物に向けて弓を引き絞る。

角度が悪く、頭部を狙えない。

俺は火球が付与された弓の照準をクモの腹へと定めて矢を放つ。

矢はクモの腹を貫いたところで爆発した。

色々なものが吹き飛んだ。

クモの下敷きになっていたシャーロットにまで被害が及ばないよう付与する爆破の威力は落としていたが、彼女の無事を確認する余裕はなかった。

クモの魔物を仕留めた俺は索敵の指輪を発動させる。

地形が頭のなかに浮かび、動くものがシルエットとして現れる。

クラーラの直ぐ後ろ！

人型の影が静かに近づいていた。

他の冒険者とは明らかに違う動き。

その存在を知覚した瞬間、それが暗殺者だとわかった。

矢をつがえている時間はない。

振り向きざまに弓を投げつけ、同時に錬金工房のなかから大型の盾を取り出す。

俺の勘は的中した。追跡の短剣を携えていた男だ。

投げつけた弓は、近付いてくる暗殺者を見事に捉えた。

しかし、暗殺者の動きは止まらない。

追跡の短剣がクラーラに迫る！

「クラッセン様！」

「お前の狙いは俺だろー！」

クラーラの悲鳴と俺の叫び声が重なるなか、暗殺者とクラーラとの間に鋼の大盾を出現させる。次の瞬間、振り下ろされた短剣は大盾と衝突して甲高い金属音を発した。

「くっ！」

長剣を手にしてクラーラへと駆け寄る俺を視界に捉えた暗殺者が大きく飛び退る。

「大丈夫ですか？」

「はい」

俺の問いかけにクラーラが震える声で無事を知らせてくれた。背後に彼女を庇いながら長剣を暗殺者へと向ける。

「何故わかったのですか？」

暗殺者は冷徹な視線を俺に向けながら、不思議そうにしていた。

「勘だよ！」

「まぐれですか。まあいいでしょう、ようやく見つけたターゲットです。逃がしませんよ、ルドル」

「黙れ！」

俺が横薙ぎに剣を振り抜くと、男は大きく飛び退って……、姿を消した。

「二匹目だと！」

「クモだ！　二匹目が出たぞ！」

騒然とする声の中心部、それは先ほど巨大なクモの魔物を吹き飛ばした辺りだった。

俺が吹き飛ばしたクモの魔物の死骸の下から這い出てきたシャーロットに、二匹目の巨大なクモが迫っていた。

一匹目もそうだったが、いま現れた個体も索敵の指輪で感知できなかった。

どういうことだ？

いや、いまは暗殺者への対応が先だ。

湧き上がった疑問を掘り下げるのを止めて、姿を消した暗殺者へと再び意識を向ける。

「クラッセン様！」

クラーラが転がるようにして俺の足元へ駆け寄る。

消えるわけはない。

何かのスキルだ。

俺は索敵の指輪を発動させる。

すると右側から近付くシルエットがあった。

今度は外さない。

「そこだ！」

何もない空間に向かって長剣を振り抜くと、何かを斬った手応えが両手に伝わってきた。

だが、浅い。

致命傷には至らなかった。

革鎧を切り裂かれた暗殺者が咄嗟に距離を取りながらも、信じられないといった表情でこちらを凝視する。

「何故？」

「勘だよ」

距離を取られているが、飛び道具や遠距離の攻撃魔法を使う気配はない。

「弓が得意なのでは？」

「この中途半端な距離で弓を手に取ったりはしないさ」

「聞いていた人物とはまるで別人のようですよ」

暗殺者は薄笑いを浮かべて少しずつ騎士たちの手薄な方角へと移動する。

確認できているスキルは一つ。

姿を消すスキルだ。

しかし、風魔法による索敵ができる俺には通用しない。

それは向こうも気付いているはずだ。その上でまだ撤退しないということは、何らかの攻撃スキルを所有していると考えるべきだろう。

「追跡の短剣を逆方向へ向かう馬車に放り込む知恵。乱戦のなかにあって私に狙われても動じない精神力。加えて錬金術とアイテムボックスのスキルですか……。これは、もっとよく調べてから値段を決めるべきでした」

よくしゃべるな。

こちらから仕掛けさせるためにわざと隙を作っているのか？

「おやおや？　騎士たちはシャーロット様の救出に向かったようですよ」

暗殺者の言うとおり、冒険者たちへ応戦する人数を減らし、騎士たちの半数近くがシャーロットの救出に向かっていた。

「それでもこちらが優勢なのは変わらない」

俺の言葉に暗殺者が眉をひそめる。

不安を取り除く意味でもこの暗殺者をここで仕留めておきたいのは山々だが、彼の所有するスキルがわからない以上、クラーラとの距離を不用意に取るのは避けたい。

とはいえ、このまま睨み合って後手に回るのは好ましくないよな。

少し煽ってみるか。

「ターゲットが眼前にいるのに指を咥えて見ているのか？」

「シャーロット様と出会っていなかったらその安い挑発に乗っていたところですが……、もう少し面白い展開が期待できそうなのでここは引くことにします」

逃がすものか！

剣に魔力を注ぎ込む。

魔剣からファイアーボールを放とうとした矢先、暗殺者の姿が三度消えた。

風魔法による索敵は間に合わないが、魔剣には既に魔力が込められている。次の瞬間、暗殺者が消えた辺りにファイアーボールを撃ち込む。ファイアーボールが暗殺者の消えた場所を通過して背後の巨木に当たって爆発した。

轟音が響くなか、クラーラを庇いながら索敵の指輪へ魔力を流す。

しまった！

他の冒険者たちに紛れ込まれたか。

索敵の指輪で個人を識別するのは難しい。それでも視認と風魔法による索敵を併用して辺りをうかがいながら、背後のクラーラに無事を確認する。

「クラーラ様、お怪我はありませんか？」

「私は大丈夫です。クラッセン様こそお怪我はありませんか？」

俺自身も問題ないことを告げると、

「シャーロット姉様の救出をお願いしてもよろしいでしょうか？」

と縋るような目で言った。

「強敵を取り逃がしました。姿を消すスキルを持った厄介な男です。クラーラ様の側を離れるわけにはいきません」

「では、私も一緒に姉様の救出に赴《おもむ》きます」

その表情と口調からは強い意思が感じられた。

大人しくこの場に留まってくれそうにはないな。ここで押し問答をしても隙を作るだけだと判断した俺は、彼女と一緒にシャーロットの救出に向かうことにした。

「わかりました。私の側を離れないでください」

そう告げた直後、辺りが明るく照らされ熱風が吹き寄せる。

「キャッ」

小さな悲鳴を上げるクラーラを熱風から庇うように抱き寄せ、光源に視線を向ける。するとクモの魔物がいた付近に大きな火柱が上がっていた。

「姉様！　シャーロット姉様！」

俺の腕の隙間から火柱を見たクラーラが悲鳴にも似た叫び声を上げる。

「クラーラ様、落ち着いてください」

「ですが、お姉様が！」

魔法による火柱はクモの魔物を焼き殺し、シャーロット救出のために近付いた二名の騎士を巻き込んで収まった。

索敵の指輪で確認できる範囲に焼け死んだクモの魔物も入っている。

「先ほどの炎で死んだのはクモの魔物だけのようです。騎士の方が二名炎に巻き込まれたようですが命に別状はなさそうです」

「シャーロット姉様は？」

「少なくとも火柱に巻き込まれて死亡してはいないようです」

「そうですか」

クラーラが安堵の溜息を漏らした。

辺りを見回すと、戦闘が終わっていた。

念のため索敵の指輪を再度発動させると、息のある冒険者が五人いることを確認できたが、いずれも戦える状態ではなかった。

暗殺者とシャーロットの姿が見当たらない……。あの巨大な火柱を目くらましに逃走したようだ。

俺は意識を切り替えてクラーラに声を掛ける。

「クラーラ様、終わりましたよ」

「盗賊は？」

「騎士の皆さんの活躍で退けることができました」

「シャーロット姉様はどうなりましたか？」

クラーラはよろめきながらも立ち上がると、ふらつく足取りで巨大なクモの死骸へ向けて歩きだした。

俺は彼女の傍らに並んで歩きながら言う。

「シャーロット様と盗賊の残党は逃亡したものと思われます」

「逃亡……ですか……」

クラーラが悲しそうに下を向いた。

FAULTY SKILL

エピローグ

ALCHEMY WORKSHOP

「以上が報告です」

落ち着いた雰囲気の執務室にグレイグの低い声が静かに響いた。

アンジェリカは目を閉じると静かに言葉を発する。

「そうですか、シャーロットが……」

「申し訳ございませんでした」

「あなたに落ち度はありません。落ち度があるとしたらシャーロットをそこまで追い詰めた私です」

「この後の対応は如何いたしましょう？」

謀反人として処罰されるだけのことをしたシャーロットの待遇をどうするのか、とグレイグが聞いた。

「けじめは付けなければなりません。謀反人として領内に手配書を回しなさい」

「畏まりました」

グレイグが深々と頭を下げた。

「クラーラ、クラッセン殿はお前の目にはどう映りました？」

グレイグからの報告書を執務机の上に静かに置きながら、長椅子に腰掛けている銀髪の少女に視線を向ける。

「一言でお伝えするのは難しいですが、錬金術師としての能力は稀有だと思います。それにあの方の作成された魔道具は一時的にではありますが、当家の騎士を王家直属の魔導師団の魔術師と比肩するほどの騎士兼魔術師にしてしまいました」

「お前の配下に加えたいと思いましたか?」

「配下? そう、ですね。可能でしたら側にいて頂きたいと……」

アンジェリカは頬を染めて俯くクラーラからグレイグに視線を移す。

「グレイグ、その者の人となりはあなたの目から見てどうでしたか?」

「好感が持てました。適度な正義感を持ち合わせていることも、好感に拍車を掛けています」

「適度ですか?」

「はい、適度です」

ルー・クラッセンの言動から、あの年齢で物事には裏と表があることと、いずれとも付き合わなければならないことを承知していると受け取れたとグレイグは評した。

「それは、若年であるクラーラの側近として推薦できると言うことかしら?」

「側近候補として推薦させて頂きます。しかし、先ずはご当主様の下でその能力と人となりを判断頂ければと」

グレイグの言葉にアンジェリカが訝しげな顔をし、クラーラは顔を強ばらせて息を飲む。

「それはクラーラでは判断ができない、あるいは、判断を誤ると言うことかしら?」

アンジェリカは顔を強ばらせて、俯いたままのクラーラを横目で見ながらグレイグに問うた。彼はクラーラには視線を向けずに静かに答える。

「クラッセン殿は非常に好感の持てる青年です。能力、人となりは勿論、容姿も非常に優れています。年若いクラーラ様ではそれらの魅力に惑わされ兼ねないかと」

「容姿に惑わされるようなことはありません！　いくらグレイグ様でもそれは失礼ですよ」

俯いていたクラーラが立ち上がってグレイグを非難するが、その顔は図星を指されて耳まで真っ赤になっていた。

「私は容姿だけを指して言ったのではありません。能力、ひととなり、容姿という総合的な魅力を指して言ったつもりです」

「あ……」

小さく声を上げるとクラーラは足が力を失ったようにソファーへとへたり込む。

「クラーラ、あなたはまだ若いのですから、魅力的な異性に惹かれるのは当然です。私だって若い頃は魅力的な異性に心惹かれたものです」

「はい……」

「とは言え、十四歳のお前では難しいでしょう」

無言で俯いたままのクラーラにアンジェリカが言う。

「私の側で一緒にその若者を判断しなさい」

「え？」

「それとも、失敗を恐れずに一人でやってみますか？」

「いいえ。お祖母様のお側で勉強させてください」

「よろしい」

アンジェリカは静かに頷いてグレイグに言う。

「ルー・クラッセンを直轄の家臣として召し抱えます。待遇は、そうですね……、当家の筆頭錬金術師としましょう」

「それは……」

幾ら何でも破格の待遇が過ぎると言いたげなグレイグの言葉をアンジェリカが遮る。

「近隣の領主に比べて当家は抱えている錬金術師が少な過ぎます。好い機会です。経験の浅い若者を破格の待遇で迎え入れることで、年齢や経験を問わず当家が錬金術師を欲していると喧伝しましょう」

「有望な錬金術師も集まるでしょうが、ルー・クラッセンに取って代わろうという野心家も招き入れてしまうことになります」

忠誠心の低い、あるいは野心家の有象無象を引き入れることはマクスウェル辺境伯家にとって火種になりかねないということ、ルー・クラッセンにとっての敵を招き入れることになるとグレイグが指摘した。

アンジェリカはその杞憂に笑顔で答える。

「それくらいの方が活気も出るというものです」

「次代を継ぐ方は苦労しそうですな」

楽しげな笑みを浮かべるアンジェリカと口をあんぐりと開けて驚いているクラーラを見比べながらグレイグが小さく溜息を吐く。

「そうと決まれば、先ずはその若者を私のところへ連れてきなさい。是非一度会って話がしたいわね」

「早速、開拓村へ使いをだします」

「お祖母様、私が使者として開拓村へ赴きます」

「私が会った結果、採用しない可能性もあることは理解しているかしら？」

「はい。承知しています」

アンジェリカはどうしたものかと思案しようとすると、グレイグが「クラーラ様の護衛は私がいたします」と申し出た。

「あなたは私の筆頭騎士でしょう？」

「私の鍛えた護衛たちがご当主様をお守りいたします。次代を担うクラーラ様が赴くのは辺境の地。そんな場所こそ経験豊富な護衛が必要かと思います」

「グレイグ様。お気持ちは嬉しいですが、私は後継者候補の一人にしか過ぎません。軽はずみな発言は争いの元となります」

次代を担う、と口にしたグレイグをクラーラが慌てて窘《たしな》めた。

「いまの発言は聞かなかったことにしましょう」

アンジェリカは鋭い視線で二人を睨め付けた。すると、グレイグとクラーラが揃って頭を垂れて彼女の言葉を承諾する。

「ですが、クラーラ様の護衛は私にさせて頂けませんでしょうか？」

「開拓村への使者はクラーラに任せます。護衛はグレイグを筆頭に騎士を十人ほど連れて行きなさい」

「承りました」

「お祖母様！　ありがとうございます！」

グレイグの静かな返事とクラーラの歓喜の言葉が重なった。

アンジェリカはクラーラに愛おしげな視線を向けるが、直ぐにグレイグに厳しい視線を向けて言う。

「それとその若者の身辺調査が必要ね」

「クラッセン殿はブリューネ王国の出身だと伺っています」

「十二歳まではリント市にいらしたそうです」

アンジェリカはグレイグとクラーラの言葉に鷹揚に頷くと、

「ブリューネ王国に密偵を放ち、ルー・クラッセンの過去と家系をただちに調べさせなさい」

グレイグにそう指示を出した。

《了》

あとがき

青山《あおやま》　有《ゆう》です。

この度は『実家を乗っ取られて放逐されたけど、ハズレスキル「錬金工房」の真の力に目覚めたので全てを取り返そうと思う』をお手に取って頂き誠にありがとうございます。本書は私にとって、小説で十七冊目、コミカライズ原作を含めると二十七冊目となる本です。

初めて私の本をお手に取られた皆様、はじめまして。これを機会にお読み見頂ければ幸いです。二度目以降となる皆様、またお合いできましたこと大変嬉しく思います。

さて、本作品のみどころです。

叔母の策略で両親を暗殺され爵位も奪われ身一つで放逐された主人公に残されたのは錬金工房という謎のスキル。

六年間発現することなかった錬金工房のスキルでしたが、思いも寄らないことをきっかけにその能力が発現します。

成長するスキル、錬金工房。

それは歴史上比肩するものがない有用なスキルへと変貌を遂る。

最愛の両親の敵を討つため、奪われた地位を取り戻すため、主人公の復讐が始まります。

復讐を題材としていますが暗い物語とならないようにしたつもりです。

周囲に馬鹿にされ全てに消極的だった主人公が能力の開花により周囲に認められ頼りにされる。頼られ感謝されることに戸惑いながらも、主人公が人の温かさを知り自信を付けて成長していく様子を楽しんで頂ければ幸いです。

謝辞

本書を出版するにあたりご尽力くださいました関係者の皆様、この場をお借りして改めて御礼申し上げます。誠にありがとうございました。

特にご尽力くださりました編集M様。そして素晴らしいイラストを描いてくださいましたユウヒ先生に感謝申し上げます。

最後となりましたが、この本をお手に取られたあなたに多大な感謝を。

皆様と再会できる日があることを切に願って。

二〇二三年四月
青山　有

追放された不遇職『テイマー』ですが、
2つ目の職業が
万能職『配合術師』だったので
俺だけの最強パーティを作ります
2巻発売中！
Shitaka Siki
志鷹 志紀
illust. 弥南せいら
最弱モンスターをかけ合わせ
スライム ベビードラゴン ベビーウルフ
ラスボス級の
仲間を作り出す!!!!!!
捨てられテイマーがセカンドジョブで最強無双の魔物使いに!!

実家を乗っ取られて放逐されたけど、ハズレスキル「錬金工房」の真の力に目覚めたので全てを取り返そうと思う 1

発　行
2024 年 2 月 15 日　初版発行

著　者
青山　有

発行人
山崎　篤

発行・発売
株式会社一二三書房
〒101-0003　東京都千代田区一ツ橋 2-4-3 光文恒産ビル
03-3265-1881

編集協力
株式会社パルプライド

印　刷
中央精版印刷株式会社

作品の感想、ファンレターをお待ちしております。
〒101-0003　東京都千代田区一ツ橋 2-4-3 光文恒産ビル
株式会社一二三書房
青山　有 先生／ユウヒ 先生

Printed in Japan, ISBN 978-4-89199-979-7 C0093
※本書は小説投稿サイト「小説家になろう」（https://syosetu.com/）に
掲載された作品を加筆修正し書籍化したものです。